Fitzgerald Kusz

# Du, horch

## Szenen und Geschichten



ars vivendi

2. Auflage 2000


Typografie und Ausstattung: Armin Stingl
Umschlagillustration: Toni Burghart
Druck: Wiedfeld & Mehl, Ansbach
ISBN 3-931043-58-4

# Du, horch

# Inhalt


9 Das Familienfoto
13 Der Hausfrieden
16 Die Kaffeefahrt
19 Tagesschau
22 Frau Nachbar
25 Frau Riedelbauch
31 Fensterplatz
34 Hilflos
38 Das Familiengrab
42 Der Hut
47 Stehcafé
47 *Stehcafé I*
47 *Stehcafé II*
48 *Stehcafé III*
50 *Stehcafé IV*
50 *Stehcafé V*
52 *Stehcafé VI*
54 *Stehcafé VII*
55 *Stehcafé VIII*
60 *Stehcafé IX*
60 *Stehcafé X*
61 Besser wäi gohr nix
72 Bedenkzeit
76 Die Zwerge
79 Das Endspiel
83 Der Überfall
86 Herr Nachbar
90 Lebenslauf
99 Paris, einfach
104 Die Entziehung
109 Kreuzworträtsel
113 Zweikampf
113 *Zweikampf I*
113 *Zweikampf II*
115 *Zweikampf III*
120 *Zweikampf IV*

129 *Zweikampf V*
131 *Zweikampf VI*
132 Fortsetzung folgt
140 Mama
153 Sooch halt wos!

158 Quellennachweis

## Familienfoto

*Personen: 3 Damen, 3 Herren (Rentner)*

1. MANN Hobb, etz gemmer obber schnell nu raus, sulang die Sunner nu scheint!
3. FRAU Du hasters obber noutwendi!
1. MANN Etz machmer ä Aufnohm, woumer alle draffsenn.
2. MANN Hast du überhapts enn Film in deim Foto?
1. MANN Iich werr kann Film in meim Foto hoom! Hast du vielleicht ein Gschmarri!
1. FRAU (seine Ehefrau) Ob däi Bilder überhapt nu wos werrn? Der Film is doch scho seiterm halbm Johr im Apparoot.
1. MANN Däi werrn scho wos. Iich hou scho öfter fotografiert. Und su Filme haltn si scho ä Johr.
2. MANN Wemmers ned in die Sunner leeng tout.
1. MANN Du maanst wuhl, iich liich mein Foto in die Sunner?
2. FRAU Mou des denn unbedingt saa, daßd uns fotografierst?
1. MANN Wos saa mou, mou saa.
2. FRAU Iich hou su arch Kupfwäih!
2. MANN Des sicht mer aff dem Bild obber ned.
1. MANN So, etz stellter eich alle ämall dou her!
3. MANN Wouhii?
1. MANN Ner, dou unter den Baum.
2. MANN Du willst wull den Baum aa nu miit draffgräing?
1. MANN Na, blouß eich.
3. MANN Unter den Baum stellert iich kann drunter, wenn iich fotografierert.
1. MANN Warum denn ned?
3. MANN Dou hast doch kann gscheitn Hintergrund aff deim Bild. Blouß den Gartnzaun.
1. MANN Wos hastn gecher mein Gartnzaun?
2. MANN Gohr nix, obber des gibt halt ka schäins Bild.
1. MANN Iich mach immer schäine Bilder.

1. FRAU Ner, su schäi senn die letztn Bilder obber ned worn, woust vo mir gmacht hast.
1. MANN Des licht ja aa ned an mir. Des licht an dir.
2. FRAU Soll mer etz unter dem Baum stäihbleim?
1. MANN Wos der blouß gecher den Baum hout!
3. MANN Iich hou nix gecher den Baum, obber der Hintergrund, verstäihst.
1. MANN Iich hou bis etz alle Lait unter dem Baum fotografiert.
3. MANN Nou werds ja langsam ämall Zeit, daßders wouanders fotografierst.
1. MANN Nou stellter eich halt in Gottes Noomer dort nüber vuur däi Buchsbaumheckn!
3. MANN Joo, des loui mer eigäih. Des is wenigstens ä gscheiter Hintergrund.
1. MANN So, und etz stellter eich neberernander auf und dann machi ä Bild.
1. FRAU Obber paß fei joo auf, daß die Köpf draffsenn. Es letztmall hast mi ohne Kupf fotografiert.
1. MANN Dei Kupf is ja ned su wichtich. *Pause.* Naa, Erna, su werd des nix. Wenn du mit deim routn Kleid neber der Waltraut in ihrm gelbm Kostüm stäihst, nou sicht des nix gleich.
2. FRAU Voweeng, des sicht nix gleich. Mei Kleid wohr fei ned grood billich!
1. MANN Iich hou ja nix gecher dei Kleid gsacht, Erna. Des stäihter sugohr.
2. FRAU Danke!
1. MANN Iich hou blouß gmaant, daßdi ned neber die Waltraut stelln sollst. Iich hou nämli enn Farbfilm drin, dou machn si Kontraste bsonders gout. Also, es Einfachste is, wenn si der Rudi links außn hiistellt.
2. MANN Iich wollt scho immer gern Linksaußn werrn. Scho als Bou.
1. MANN Und dann kummt die Erna, jawoll, su is reecht. Des schaut gout aus. Und dann kummt der Willi mit seim blauer Oonzuuch. Des isser Kontrast. Und dort stellt si dann nu mei Evi hii. So, des gibt ä schäins Bild.
2. MANN Hoffentli hasters bald.

1. MANN Ihr mäißt blouß nu lächeln. Su, wäier etz dousteht, fotografieri eich ned. Dou mannt mer ja, des is ä Beerdichung. Hobb, Erna, lach halt!

2. FRAU Mit dem Kupfwäih?

2. MANN Iich lach immer, wenni Kupfwäih hou.

2. FRAU Du hast ja nie Kupfwäih.

1. MANN Naa, Erna, ä bißler freindlier moußt scho saa. Dou werd dei Kupfwäih gleich besser, wennst ä weng lachst. Su is reecht. Etz macht meine widder ä suer Gsicht, glabsters. Die Erna, lacht und du machst ä Gsicht.

1. FRAU Weils mer zu lang dauert, däi ganze Wohr dou.

1. MANN Wennst ä suer Gsicht machst, dauerts nu länger. Däi Bilder kostn enn Haffn Geld, wennis entwickeln lou. Dou kanni kanne grantichn Gsichter braung.

3. MANN Bis des Foto ferti werd! Dou werd ja ä alte Kouh widder jung.

2. MANN Der mou ja aa weiter her, der Schorsch. Der is doch viel zu weit wech mit seim Foto.

1. MANN Iich bin ned zu weit wech!

2. MANN Aff dem Bild semmer doch bestimmt alle viel zu klaa draff.

1. MANN Du wirsters wissn.

2. MANN Loumi halt ämall durch dein Sucher schauer, nou soochiders, wäisters machn moußt.

1. MANN *wütend* Du bleibst etz stäih, woust etz stäihst. Ihr braucht blouß enger zammruckn, nou kanni ja en Meter weit nach vorn gäih.

2. FRAU Mir könner nimmer enger zammruckn.

1. FRAU Des werd ä Bild werrn. Allmächt, schood um den Film!

1. MANN Halt dei Maul und lach läiber! Etz werds ernst.

3. MANN Ner, hoffentli!

1. MANN Du kannst etz aa dei Maul haltn! *Pause* Des houi etz dervoo, dassi enn Meter weiter nach vorn ganger bin. Etz is mei Frau nimmer draff.

1. FRAU Des wär ja aa ä Wunder, wenn iich ämall ganz draff wär aff suerm Foto!

1. MANN Und wos is mit unserm Hochzeitsbild im Schloufzimmer?

1. FRAU Des hast du ja a ned fotografiert.

1. MANN Wos machi etz blouß, dassi däi nu draffbring?

2. MANN Gäih halt denn halbm Meter zrück!

1. MANN Bist du vielleicht schlau! Maanst, aff däi Idee wär iich ned kummer?

2. MANN Lang kanni fei nimmer lachn.

2. FRAU Iich aa ned. Mei Kupfwäih werd immer schlimmer.

1. MANN Etz habters doch gleich überstandn.

3. FRAU Dou werds Zeit.

1. MANN Achtung! Lachn! Etz drücki oo! *Pause.* Wos is denn dou lous!

3. FRAU Iich hous ja gwißt, daß des nix werd.

1. MANN Etz leicht aff amall des route Lämpler auf.

3. MANN Weil die Sunner wech is.

1. MANN Warum habter me denn ned gsacht, daß die Sunner wech is?

3. MANN Mir hamm doch lachn mäin.

## Der Hausfrieden

*Eine ÄLTERE DAME. Auf der Bühne eine Mülltonne.*

ÄLTERE DAME Also, des gäiht etz scho ä pohr Wochn su zou! Ach, Wochn, des is viel zu weng. Ä Vertljohr gäiht des etz mindestens su zou. Grood houi widder mall ä Plastiktütn in mein Mülleimer neitou wolln, dou wohr er scho widder vull! Iich möcht blouß wissn, wos mei Mülleimer die Lait oogäih tout! Dou hout doch kanner wos verlorn! Dou stäiht doch grouß und daitli mei Noomer draff: Schmidt mit dt. Wäi wenn däi ned lesn könnertn, glabsters! Obber des machn däi ja scheinbor mit Fleiß, daß däi wos in mein Mülleimer neidenner! Iich soochert ja nix, wenns ned su wär ... Wäi i zum erschtnmall gmerkt hou, dassi dou enn Zaungast hou, daß dou anner wos neitout, houi extra enn Zettl draffpicht mit Klebstreifn und hou draff gschriebn: Bitte leeren Sie Ihre Tüten woanders hin! Obber dou kann mer ja schreim, wos mer will, des hamm däi ned ämall glesn. Und der Zettl wohr aa wech! Wenni ner wissert, wer suwos macht. Obber anner mouß ja gween saa. Ä Fremder wohrs gwiß ned. Die Haustür is ja immer zou. Des mou scho anner ausm Haus gween saa. Obber wenni innern auf der Treppn begeenger tou, nou senns scheißfreindli. Dann denners grood äsu, wäi wenn nix gween wär. Obber iich lou mer aa nix oomerkn. Iich bin doch ned bläid! Obber wenni dann auf Einkaufn gäih, nou gängers ganz schnell in Hof nunter und denner ihre Plastiktütn in mein Mülleimer nei! Neih houi mer extra mall ä su ä Tütn oogschaut. Iich hou mer denkt, vielleicht gräichsters dann raus, wennster ämall ä su ä Tütn ooschauer toust. Also, iich hou einfach ä su ä Tütn mit nauf in mei Wohnung gnummer, weil druntn im Hof kanni doch ä su ä Plastiktütn ned ausleern, dou maaner die Lait nu, iich bin nesch worrn. Obber däi Freid machi innern ned! Nerja, und dann houi ä pohr Zeitungen auf mein Küchentisch glecht und in Müll untersucht. Obber wäi lang i aa gsucht hou, iich hou nix gfunner, kann Bräifumschlooch miterm Noomer draff. Nix, rein gohr nix! Däi senn ganz schäi gwürfelt, däi wou immer ihr Zeich ba mir neidenner! Däi loun si su schnell nix oomerkn, des moumer innern scho loun. Ä pohr Kippn wohrn drinner und Aschn, Joghurtbecher, su ä billigs ausm Supermarkt, ä pohr Büchsn, Sauerkraut und ä Mischgemüse, gelbe Rübn und Erbsn wohrn dou drin. Also, iich hou mer scho Gummihendscher oozogn, wäi i den Dreck untersucht hou. Iich lang doch des stinkerte Zeich ned mit mei Hend oo. Und einen Haufn Kartofflscholn wohrn vielleicht drin. Also, aans waaßi etz, däi mäin aa unter der Wochn Knidler machn, wou sollnern sunst su enn Haufn Kartofflscholn herkummer? Iich eß ja kaum Kartoffeln, und wenn, dann machi blouß am Sunntoooch Knidler, weil si des einfach su ghört, obber däi däi machn däi scheinbor unter der Wochn aa! Und nou houi nu wos ganz Verdächtichs gfunner, Fingernägel. Ganz lange wohrns und lackiert wohrns aa. Ä bißler enn Verdacht houi etz scho, obber iich derf nu nix soong, sunst werri gohr am End nu oozeicht! Und außerdem lackiern si däi Weiber bei uns im Haus ihre Fingernägel jedn Tooch mitterer andern Farb! Sulangi inn Täter nanni hou, kanni nix unternehmer, und blouß auf enn Verdacht hii sollmer ja aa nix machn. Und wäi i mit meiner Untersuchung vo dem Inhalt vo dem Plastikbeitl ferti wohr, dou houin widder fein säuberlich in mein Mülleimer nei. Iich hou nern genauso nei, wäier drin wohr, daß kanner enn Verdacht schöpfn kann! Gestern houi numall ä Tütn untersucht. Iich hous widder mit nauf in mei Wohnung gnummer und ausgleert. Und scho houi mi gschnittn. Dou, dou sichtmers nu! *Sie zeigt den Daumen ihrer rechten Hand.* In derer Tütn wohrn nämli lauter Glosscherbn drinner, vo su Saftflaschn. Däi hamms mit Fleiß nei, weils gmerkt hamm, daß iich ihre Plastikbeitl untersuchn tou! Eine Schlechtigkeit gibts vielleicht auf derer Welt! Iich hätt mer ja aa die Pulsoodern aufschneidn könner, obber des is dennern ja scheinbor worscht! Wenni blouß droodenk, werds mer nu ganz anders! Wer waaß, wos es nächste Mall in däi Plastiktütn drinner is! Obber iich mach kanne mehr auf! Wer waaß, wos däi nu allers vuurhamm! Und etz, etz is der Mülleimer scho widder vull! Also, des moumer si ämall vuurstelln, wäi bäis die Lait senn! Mer soochert ja nix, wenns hin und widder ämall eine Tütn neidennertn, obber däi machn des ja jedn Tooch! Obber etz, etz gräiichis raus, wer des is! Etz machi kurzn Prozeß, des houi mer gschworn! Iich stell mi etz nämli dann in den Schupfn nei, dou wou bei uns aufm Hof die Fohrräder drinner senn. Und wenn anns kummt und sei Fohrrod holn will, nou toui halt äsu, wäi wenni ä Fohrrod putz! Iich hou zwohr kanns, obber des macht ja nix! Des merkn däi ja ned, dassi kanns hou! Iich lou mer doch ned allers bietn. Wenn mersi allers bietn läßt, nou machn doch die Lait mit amm, wos wolln! Genauso is doch mit der Treppn. Jedesmall, wenn iich die Hausordnung hou, is am Ohmd scho widder dreckert, blouß dermits soong könner, iich hou mei Hausordnung ned gmacht! Iich kumm scho nu derhinter, wer dou im Haus gecher miich is! Gestern wohr mei Zeitung ned im Bräifkastn drin, obwuhli genau waaß, daß die Zeitungsfrau die Zeitung in mein Briefkastn neitout! Dou mou doch anner mei Zeitung raustou hoom und einfach aufn Bodn glecht hoom. Iich möcht wissn, wem mei Zeitung wos oogäih tout! Wenn anner ä Zeitung will, nou kanner si doch selber anner kaufn! Des maani obber aa! Und wenn sies scho ausm Briefkastn rausdenner, nou könner sis aa widder neitou! Iich glaub, des wohr derselbe, der wou immer seine Plastiktütn in mein Mülleimer neitout! Ä andrer macht doch suwos ned, odder? Und mei Treppn machter aa dreckert, wenni die Hausordnung hou! Wer denn sunst? In unserm Haus könnert ja allers su schäi saa, weil iich will ja mit die Lait auskummer, obber der wou bei mir immer sein Dreck in mein Mülleimer neitou mou, der tout nu su lang rum, bissi auszäich, obber den Gfalln toui dem ned! Ein Haus is der des vielleicht! Iich bin frouh, wenni immer widder mei Tür hinter mir zoumachn kann.

## Die Kaffeefahrt

Frau Nützel wohnt ganz allein in ihrer Altbauwohnung. Zu ihren Kindern hat sie seit ihrem siebzigsten Geburtstag keinen Kontakt mehr. Sie verläßt das Haus nur sehr selten, und wenn, dann nur, um in den Geschäften in ihrer unmittelbaren Nachbarschaft einzukaufen. Dort ist sie nicht gerade beliebt, weil sie die Preise immer mit denen vor dem Krieg vergleicht. Was in der Welt vorgeht, erfährt sie aus dem Fernsehen und den Reklameblättern aus ihrem Briefkasten, die sie von A bis Z durchliest. Immer wenn eine Teilnehmerkarte für eine Kaffeefahrt dabei ist, freut sie sich. Diesmal sorgt Gerhard Wendland, von dem sie den Schlager »Das machen nur die Beine von Dolores« kennt, für das musikalische Rahmenprogramm. Außerdem sind im Fahrpreis noch 20 frische Eier, 250 Gramm deutsche Markenbutter, ein Glas echter Bienenhonig, 500 Gramm Knabbergebäck und eine Tafel Markenschokolade inbegriffen. Als sie in den Bus steigt, ist er bereits zur Hälfte mit Gleichaltrigen besetzt. Sie nimmt neben einer älteren Dame Platz. Der Bus fährt los. Frau Nützel möchte gerne mit ihr ins Gespräch kommen. Sie hat einen Satz, mit dem es immer klappt. »Joo, joo«, sagt sie und stößt einen tiefen Seufzer aus, »es is halt allers nimmer su wäi fräiher.« Ihre Nachbarin antwortet prompt. Ein Wort gibt das andere: »Joo, joo, dou hamms reecht. Die Lait wissn ja nimmer, wos tou solln.« Frau Nützel hat sofort eine Erklärung dafür bereit: »Weils innern zu gout gäiht. Uns is ned so gout ganger. Wenn däi des durchmachn mäißertn, wos mir allers durchgmacht hamm, nou wissertns, wos tou solln.« Da kann die Nachbarin natürlich sofort nachhaken: »Und weils ned wissn, wos tou solln, gängers einfach aff die Straß und bringer die Lait um. Des houts fräiher ned gehm, daß suviel Lait umbracht worrn senn.« Nun ist das Eis endgültig gebrochen. Die beiden Damen haben keine Augen mehr für die Landschaft, die draußen vorbeizieht.

»Und wissens, wouher des kummt, daß suviel Mörder gibt«, sagt Frau Nützel, »weils däi ganze Wohr etz aa scho im Fernsäing zeing.« – »Suwos ghörert verboten«, kontert ihre Nachbarin, »dou mäißertns inn ganzn Tooch blouß schäine Wohr zeing.« Wieder ist Frau Nützel am Zug. Sie braucht bloß die Frage aufzuwerfen: »Wou gibts denn haitzertooch überhapts nu ä schäiner Wohr?«, und schon haben sich die beiden Damen in ihrer pessimistischen Grundeinstellung, was das Heute anbelangt, bestätigt: »Sie derfn anns ned vergessn: Hait is ned gestern.« Sie merken gar nicht, daß der Bus schon an seinem Bestimmungsort in der Fränkischen Schweiz angelangt ist. Es bleibt ihnen gar nichts anderes übrig, als auszusteigen.

Beim Mittagessen sitzen sie nicht nebeneinander. Frau Nützel muß mit einem älteren Herrn vorliebnehmen. Wieder stößt sie ihren Seufzer aus: »Joo, joo, es is halt allers nimmer su wäi fräiher.« Ihr Nachbar schluckt noch ganz schnell seinen Bissen hinunter: »Dou hamms reecht. Solche Knidler houts fräiher ned gehm. Dou senn ja ned ämall richtiche Semmlbröserler drin.« Jetzt ist Frau Nützel sprichwörtlich ›am Ball‹: »Fräiher wohrn die Knidler su groß wäier Foußboll und hait senns su grouß wäi Taubmeier.« Wieder kann sich das Gespräch im Kreis drehen. Die Vergangenheit wird gegen die Gegewart ausgespielt, das Thema »Knidler« ist mindestens genauso ergiebig wie das Thema »Mord«.

Beim Kaffeetrinken sitzt Frau Nützel wieder neben einer älteren Dame. Über eine Stunde lang ist sie zum Schweigen verurteilt. Jetzt findet nämlich die im Prospekt so ganz nebenbei angekündigte Verkaufsveranstaltung für Heizdecken statt. Anschließend besingt Gerhard Wendland »die Beine von Dolores«. Es folgt langanhaltender Beifall. Endlich kann Frau Nützel, wieder mit einem Stoßseufzer, ihren Köder auswerfen: »Joo, joo, es is halt allers nimmer su wäi fräiher.« Die Antwort kommt prompt: »Maaner Sie den Gerhard Wendland odder die Heizdeckn?« Das Gespräch kann beginnen. Das Themenangebot wird immer größer. Auf »Mord« und »Knidler« folgt der »Gesang«.

Mit 20 frischen Eier, 250 Gramm deutscher Markenbutter, 1 Glas echtem Bienenhonig, 500 Gramm Knabbergebäck und 1 Tafel Markenschokolade tritt Frau Nützel die Heimfahrt an. Im Bus sitzt sie neben einer älteren Dame. Die Dame, mit der sie so schön über »Mord« geplaudert hat, sitzt vis-à-vis neben einem älteren Herrn. Worüber die wohl reden mögen? Frau Nützel stößt ein letztes Mal ihren Seufzer aus: »Joo, joo, es is halt allers nimmer su wäi fräiher.« Sie ist schon gespannt, welchen Verlauf das Gespräch diesmal nehmen wird. Sie wartet einen Augenblick und wiederholt ihren Stoßseufzer, um ihm mehr Nachdruck zu verleihen. Jetzt kommt endlich eine Antwort: »Hörns mer blouß mit fräiher auf! Iich kann des Wort scho gohr nimmer hörn. Iich leb hait.«

Frau Nützel bleibt während der ganzen Fahrt bis nach Nürnberg stumm, so schwer es ihr auch fällt. Sie beschließt, nie wieder auf eine Kaffeefahrt mitzukommen.

## Tagesschau

*Eine adrett gekleidete ÄLTERE DAME vor dem Fernseher. Es ist kurz vor Beginn der Tagesschau.*

ÄLTERE DAME Hait mäißer scho widder ämall drookummer! Etz wohrer scho acht Tooch lang nimmer droo! *Pause.* Es werd ihm doch nix passiert saa? *Pause.* Naa, passiert ism nix! Dou hätt mer scho wos ghört! Dou wär bestimmt wos in der Zeitung dringstandn! *Pause.* Vielleicht houter ä pohr Tooch Urlaub ghabt? *Pause.* Des mou ja aa ämall saa, wouer enn su enn oonstrengenden Beruf hout! *Pause.* Jedn Tooch däi Konzentration! *Pause.* So, etz is suweit! *Pause.* Hoffentli is ned widder ä Störung draff! Wenner länger wäier Stund laufn tout, nou fängter manchmall zum Flimmern oo. *Pause.* Und mit amall is es Bild wech! *Pause.* Wos des blouß widder is? Ob des vom Sender herkummt? Obber gsacht hamms nix dervoo. *Pause.* Sunst soong sis doch immer, wenn ä Störung draff is! *Pause.* Nerja, vielleicht hamm sis aa vergessn!

*Gong der Tagesschau.*

Etz werris glei wissn, obber hait drookummer tout!

*Ansage der Tagesschau*

Gun Ohmd! Dou isser ja widder, mei Freind! *Pause.* Gout schaust widder aus! Obber ä bißler blaß bist, maani! Vuurı Wochn hast ä bessere Farb ghabt! *Pause.* Bist wull ned an die Luft kummer? Du mäißerst öfter spaziern gäih. *Pause.* Des is nämli nix, wenn mer oondauernd vuur der Kamera hockn mou! Wer waaß, wos dou für Strohln rauskummer! *Pause.* Und dann nu däi Lampn! Däi senn doch su hell! Dou macht mer si doch die Aung hii! Iich houmi scho manches Mall gfroucht, wäi du des aushaltn toust! Ned ämall blinzeln toust! *Pause.* Also, ä bißler blaß bist hait scho! *Pause.* Iich soochert ja nix, wenns ned stimmert! *Pause.* Hoffentli hast nix? Gäih fei immer amall zum Dokter. Mer kann nie wissn, ob mer wos hout, weil mer steckt ja ned in amm drin! Und trink fei immer dei Milch mit Honich! Wemmer ä su ä schäiner Stimm hout wäi du, nou moumer scho ä bißler Obacht gehm. Enn rauher Hals kannster du ned leistn! *Pause.* Iich waaß allers über diich! *Pause.* Waßt, woui des her waaß? *Pause.* In meiner Fernsehzeitung stäiht allers über diich drin! *Pause.* Halt ner schäi zu deiner Frau! Machs ned äsu wäi däi Filmschauspieler! Obber du bist ja aa ä ganz andrer Kerl! Du sorchst scho für sie, gell? *Pause.* Obber vo Kinder willst nix wissn? Nerja, des mou ja aa ä jeder selber wissn, obber schäi wärs scho! *Pause.* Waßt, wos mir an dir su gfällt? Vielleicht hamms der andre aa scho gsacht, nou soochi ders halt numall. Mir gfällt einfach, daß der des ned in Kupf gstiegn is, daß der jedn Ohmd ganz Daitschland zouschaut! *Pause.* Du bist ä ganz einfacher Moo! *Pause.* Bleib su, wäist bist! Däi Ongeber moochi suwisu ned! *Pause.* Enn schäiner Onzuch hast hait widder oo! Pfeffer und Salz! Iich möcherti ämall in Farb säing, obber vo meiner Rentn kanni mer ned aa nu enn Farbfernseher kaufm! Langt scho der dou! *Pause.* Sucht der dei Krawattn immer dei Frau raus? Däi hout vielleicht enn goutn Gschmack! Des merkt mer! *Pause.* Dei Frisur is aa immer su schäi! Lou dir joo ka lange Hoor stäih wäi däi andern Zigainer, däi wou ned wissn, wäis vuurm Fernseher rumlaufn solln! *Pause.* Wenn su viel Lait zouschauer, nou moumer scho aufpassn, daß mer wos gleichsicht! Manche wissn ja nimmer, wos oozäing solln! *Pause.* Däi senn totool überschnappt! Im offner Hemd ohne Krawattn zeing si däi vuur die Lait! Dassi däi ned schämer! Des ghört einfach verbotn! Jeder mäißert ä Krawattn troong! Und däi, wou kanne troong, sollertn ä Strof zohln mäin! Für wos zohli denn meine Fernsehgebührn? Auf kann Fall für solche Zigainer! Mer sollert einfach ämall hiischreibn und si beschwern, obber die Lait loun si scheinbor allers gfalln! *Pause.* Wos wohrn etz des? Wos hast gsacht? *Pause.* Wenni ner aufpaßt hätt, des mou wos Wichtichs gween saa ... deim

Gsicht nouch zu urteiln! *Pause.* Etz schauter auf amall su. *Pause.* Warum schaust äsu? Dou mannt mer grood, du kannst in mei Wohnung reischauer. *Pause.* Etz hammsn vo der Seitn ä Blatt Papier reigschobm. Des hätt innern obber aa eher eifalln könner! *Pause.* Tou di fei joo ned versprechn! *Pause.* Obber den Gfalln toust innern scho ned! *Pause.* Schäi hasters gmacht! Bravo! *Sie klatscht Beifall.* Etz werrns bläid schauer! Däi waddn ja blouß draff, daß di versprechn toust, daß recht tüchti lachn könner! *Pause.* Ned ämall zittern toust. Immer bist die Ruhe selber! Du derfster ja aa nix oomerkn loun, wost denkst! Recht hast! Wäis dou drin ausschaut, *hochdeutsch* geht niemand was an! *Pause.* Immer moußt du ä ernsts Gsicht machn. Du derfst ned ämall dei Gsicht verzäing! Weil des ned oonstrengend is! Iich könnert des ned! Bei mir merkert mer sofort, wossi denkert. *Pause.* Etz bringers scho widder su enn Politiker! Hout der vielleicht einen Kupf auf! *Pause.* Warum louns däi Politiker aa immer su lang schmarrn? Däi lügn suwisu blouß die Lait oo! Iich glaub dennern nix mehr! Däi könner soong, wos wolln, dou dräihi mei Hend ned rum, däi lügn doch alle! *Pause.* Etz lachter! Du hast scho lang nimmer glacht! Nerja, immer kann mer si es Lachn aa ned verbeißn. Des is zu viel verlangt. *Pause.* Obber hoffentli gräichst etz ka Schwierichkeitn, weilst glacht hast? *Pause.* Wos, etz is die Tagesschau aa scho widder rum? *Pause.* Des gibts doch ned! Is des widder schnell ganger! Wecher mir könnerst ruhich ä Stundlang drookummer! Obber des wär ja zu viel verlangt! Amall moußt ja aa ausrouher! Sein Feierohmd bracht mer scho! *Pause.* Wenn ä anderer drookummt, schalti immer glei widder aus! Obber wenn du drookummst, dann is des für miich die schönst Vertlstund vom ganzn Tooch! *Pause.* Etz waßters! *Pause.* Hoffentli kummst morng aa widder droo! *Pause.* Iich paß scho auf, dassi di ned verpassn tou!

## Frau Nachbar

*Eine ÄLTERE DAME hat ihr Ohr an die Wand gepreßt, um die Geräusche in der Nachbarswohnung besser unterscheiden zu können.*

ÄLTERE DAME Wos wohrn etz des scho widder? *Pause.* Iich glaub, etz houts ihrn Schrank zougmacht! *Pause.* Naa, es Fenster kanns ned gween saa! Des hört si ganz anders oo. *Pause.* Obber, wäi däi die Tür zoumacht! Mer kann ja ä Schranktür aa leis zoumachn. Su zouhauer brauchert sis ja aa ned. Dou dervoo werd der Schrank aa ned besser! *Pause.* Wenn däi derhamm is, machts den Schrank oondauernd auf und zou. *Pause.* Des macht däi blouß aus lauter Langerweil! *Pause.* Iich mach mein Schrank ned su oft auf, weil iich mir vuurher überlech, wossi raustou mou! *Pause.* Etz houts Schouh mit hohe Absätz oozogn. *Pause.* Ein Geklapper is der des vielleicht! Mit solche Schouh läfft mer doch ned innerer Wohnung rum! *Pause.* Iich hou ja schließlich aa meine Tappm oo! *Pause.* Wemmer kann Teppichbodn ned hout, nou moumer scho ä weng auf die Lait Rücksicht nehmer. *Pause.* Däi Lait, däi wou unter ihr wohner, däi mäin ja ganz schäi wos zum Aushaltn hoom! Dou maant mer doch, es trampelt amm anner aufm Kupf rum, wemmer des Geklapper vo däi Absätz hört. *Pause.* Iich hörert mir des ned oo, wenn iich unter ihr wohnert! *Pause.* Obber däi Lait, däi wou unter ihr wohner, däi mäin scheints nie derhamm saa, sunst hättn sersi gwiiß scho lang beschwert! *Pause.* Nachts ummer zwölfer halb aans solln däi Lait erscht hammkummer. Manchmall sugohr nu später, sacht die Frau Weidinger ausm zweitn Stock! *Pause.* Für wos däi überhaupts ä Wohnung hamm, wenns ned hammkummer? *Pause; sie lauscht.* Etz is scho widder ä Tür ganger! *Pause.* Ob des scho widder die Schranktür wohr? *Pause.* Ner, zouzutrauer is der allers! Däi zäicht si gwiiß fünfmall am Tooch um, wenns vo der Errberrt derhamm is! *Pause.* Des werd einen Haufn Wäsch gehm! Also, mir wärs blouß um die

Wascherei. Drum zäich iich miich aa ned oondauernd um. *Pause.* Und ä Geld kosts ja aa, däi Onzäicherei vo der! *Pause.* Wous ner des ganze Geld her hout? Alle Aungblick hout däi wos Neis oo! Und billi is des grood ned, wos däi sich allers kauft! *Pause.* Des mou doch ins Geld gäih! *Pause.* Su viel kann däi doch gohr ned verdäiner, wous blouß ä Verkäuferin is! *Pause.* Des houts uns ja ned ämall gsacht, daß ä Verkäuferin is! *Pause.* Vielleicht geniert sie si, weils wos Bessers saa will? Su senns doch oft, däi junger Dinger haitzutooch. Obber weil dou scho wos derbei is! Des hätts uns scho soong können, daß ä Verkäuferin is, wäis eizogn is! *Pause.* Ihrer Kleidung nouch zu schließn, hout mer ja wunder wos gmaant, wos is! Obber die Frau Kurz vom viertn Stock houts dann ämall im Kaufhof gsäing! Verkäuferin in der Porzellanabteilung is. Desweeng braucherts ihrn Kupf ned su hochtroong. *Pause.* Neili wohri ämall dort und hous beobacht. Die Gläser houts unter sich. *Pause.* Wäi däi dort vielleicht mit die Lait schäi tou kann! Obber dou bei uns im Haus is wäi ausgwechselt! *Pause.* Dou moumerer ä jeds Wort ookaufn. *Pause.* Ned ämall gscheit gräißn kann däi ann! *Pause.* Und im Aufzuch schauts immer aufd Seitn, wemmers ooschaut. Blouß dermits nix soong braucht! Däi sacht ned mehr, wos mou, wemmers ämall wos froucht. *Pause.* Nerja, däi soll ja aa gschiedn saa, soongs! *Pause.* Drum kann däi sich ä su ä teirer Wohnung leistn. Mit dem, wos däi beim Kaufhof verdäint, werd däi ka groußn Sprüng ned machn könner. Iich glaub, däi gräicht ä Mordstrumm-Abfindung vo ihrm gschiedner Moo! *Pause.* Obber miterm Mannsbild houis nanni gsäing! Vielleicht läßts kann mehr zu sich in ihr Wohnung nei! *Pause.* Recht houts! *Pause.* Iich machert des aa ned, wenn iich gschiedn wär! *Pause.* Däi Schranktür recht mi vielleicht auf! Etz is scho widder ganger! Däi werd ned wissn, wos oozäing soll! Joo, wemer kanne Sorng hout, nou macht mer si halt anne! *Sie geht ein Stück weiter nach rechts.* Etz is im Bad. *Pause.* Etz wäschts ihr Hend. Des machts aa in ganzn Tooch. Die Hend waschn und des Theooter mitm

Schrank! Wos des scho allaans für Wassergeld kost, wemmer si oondauernd die Hend wäscht! Und mir derfn des Wasser aa nu mitzohln, weils in der Miete inbegriffn is! *Pause. Klospülung.* Des langert doch, wenn sersi nachm Klo die Hend waschert! Vuurm Klo, des is ned nötich! *Pause.* Wos däi blouß hait vuurhout? *Pause.* Etz is die Klotür ganger! *Pause. Sie geht wieder in ihre Ausgangsposition zurück.* Etz gäihts widder in ihr Schloufzimmer! *Pause.* Hoffentli machts ned widder ihr Schranktür auf und zou, des gäiht mer etz werkli langsam obber sicher auf die Nervn! *Längere Pause. Sie lauscht.* Amall in der Wochn gäihts fort, obber des is immer widder ä andrer Tooch! Enn festn Tooch houts ned. *Pause.* Obs hait fortgäiht? *Pause. Schwaches Pfeifen von nebenan.* Etz pfeifts! *Pause.* Naa, des brauchi mer ned gfalln loun! Etz klopfi an die Wänd! *Pause. Sie hält in ihrer Bewegung inne.* Halt, des derfi etz nu gohr ned! Etz is ja nanni zehner! *Pause.* Bis zehner derf däi doch su viel Krach machn, wäis will. Obber wenns nouch zehner nu pfeift, dann klopfi obber! *Pause. Das Pfeifen hört auf.* Ner, Gott sei Dank, ihr Glück! *Pause.* Etz is die Wohnungstür ganger! *Sie geht zur Tür, die auf den Flur führt.* Am End kummts gohr zu mir hait Ohmd! Ach, des wär schäi, wenns amall kummert! Eingladn houis ja! *Pause. Sie lauscht.* Etz is der Aufzuch ganger! Naa, däi kummt hait widder ned! Wos houi ihr denn blouß tou, daß ned kummt! *Pause.* Mehr wäi einladn kannis ned.

## Frau Riedelbauch

Frau Riedelbauch ist der Schrecken aller Geschäfte rund um die Deutschherrnstraße im Westen von Nürnberg. Sobald sie in einem jener kleinen Läden auftaucht, die es in diesem Teil der Stadt immer noch gibt, erfaßt den Ladeninhaber oder die Verkäuferin eine gewisse Nervosität, die manchmal sogar zu außerordentlichen Fehlleistungen führen kann. Es soll, in Gegenwart von Frau Riedelbauch, schon vorgekommen sein, daß zu viel herausgegeben oder zu wenig abgewogen wurde. Kinder, die von ihren Müttern mit Einkaufszetteln in die Geschäfte geschickt wurden, kamen mit völlig falschen Sachen nach Hause. Ein Maurer, der sich zu seinem Neun-Uhr-Vesper eine Flasche Bier genehmigen wollte, mußte sich verblüfft mit einer Tüte Milch zufriedengeben. Ein älterer Herr machte am Samstagnachmittag, kurz nach Ladenschluß, die Feststellung, daß sich statt der fünf Sechziger-Zigarren, die für das ganze Wochenende reichen sollten, fünf dicke Filzschreiber in der Tüte befanden.

Was hat denn Frau Riedelbauch an sich, daß sie Ladeninhaber und Verkäuferinnen gleichermaßen so verwirrt? Eigentlich gar nichts, denn Frau Riedelbauch ist die Unscheinbarkeit in Person. Tagein tagaus trägt sie dieselbe schon völlig verwaschene Kittelschürze, die vor langer Zeit einmal braun gewesen sein dürfte, aber das hindert sie nicht daran, ihre Hände in die Schürzentasche zu stemmen. Das ist die von ihr bevorzugte Haltung, wenn sie sich in den Geschäften aufhält. Zum Friseur scheint sie nur jedes halbe Jahr zu gehen. Ihre Dauerwellen sind vom vielen Waschen längst rausgegangen. Nur oberhalb der Ohren kräuseln sich noch einige wenige Locken. Frau Riedelbauchs Gesicht weist eine leicht gerötete Hakennase auf, die darauf schließen läßt, daß sie zur Gruppe jener anonymen Alkoholikerinnen gehört, der es ein ganz bestimmter Melissengeist angetan hat. Zuerst trank sie ihn nur, um ihrer Gesundheit etwas Gutes zu tun, aber jetzt zeigt sie schon deutliche Entzugserscheinungen, wenn sie ihr Lieblingsgetränk einmal nicht bekommt. Aber der Drogist in der Neumannstraße hat vorgesorgt. Er möchte diese gute Kundin unter gar keinen Umständen verlieren, wo doch die Konkurrenz durch die Supermärkte immer größer wird.

Die Drogerie in der Neumannstraße ist es denn auch, wo sie ihren Rundgang durch die Geschäfte des Viertels beginnt. Nichts entgeht ihrem lauernden Blick. Der Drogist Waldmann muß ihr meist eine Viertelstunde Rede und Antwort stehen, wenn sie ein Fläschchen von ihrem Lebenselexier ersteht.

Frau Riedelbauch kauft nur in den kleinstmöglichen Mengen ein. Auf die Idee, einen Vorrat anzulegen, kommt sie gar nicht, denn sie braucht die Geschäfte, um wenigstens einmal am Tag unter Menschen zu kommen.

Frau Riedelbauch war nie verheiratet, obwohl sie eine gute Partie hätte machen können, wenn sie gewollt hätte. Der Drogist Waldmann kennt ihre ganze Lebensgeschichte schon in- und auswendig. Deswegen beschränkt er sich nur auf unwesentliche Zwischenfragen, aber was macht man nicht alles, um eine gute Kundin nicht an den Supermarkt zu verlieren.

Frau Riedelbauch ist wieder einmal in ihrem Element: »Wissns, Herr Waldmann, wossimer hait nacht überlecht hou, wäi i ned schloufm hou könner?«

Der Drogist zuckt statt einer Antwort nur mit den Schultern, um ihren Redefluß nicht zu bremsen.

»Wenni domollz inn Zitzmanns Fritz gheirert hätt, wäri etz aa scho widder allaans. Der Zitzmanns Fritz is nämli vuur zeä Johr gstorbm. Dou wohrs doch besser su, daß inn ned gheirert hou. Obwuhl: Der Zitzmanns Fritz wär scho ä goute Partie gween. Dou hätti etz ä schäine Pension, wou der sei ganz Lehm lang bei der Eisnbohn wohr.«

Der Drogist wagt eine kleine Zwischenbemerkung: »Wenni nummall aff die Welt kumm, gäihi aa zu der Bohn. Wer häit nu ä Gschäft hout, der is selber schuld.«

Aber Frau Riedelbauch hört gar nicht hin. Das Geschick anderer Leute interessiert sie nicht, so sehr ist sie mit ihrem eigenen Schicksal beschäftigt:

»Joo, joo, maaners, des is schäi, wemmer kann Menschn hout, wemmer sei ganz Lehm lang allaans is?«

Eine kleine Pause entsteht, aber der Drogist ergreift diesmal nicht die Gelegenheit, auch etwas zu sagen. Er weiß ja, was kommt.

»Schäi is wos anders! Nerja, etz moui halt schauer, wäi i drauskumm mit meiner Rentn. Viel is ja ned, obber wemmer sis ä weng eiteiln tout, nou langts scho. Blouß Oonsprüch derf mer halt kanne stelln. Wemmer Oonsprüch stelln tout, is allers aus. Schauers doch ämall die Lait oo, wos däi für Oonsprüch stelln denner. Die Lindners, mei Nachbarn, hamm neili ihr ganz Wohnzimmer aff die Straß nuntergstellt, wäi Entrümpelung wohr. Stelln sersi des blouß ämall vuur. Obwuhl des su gout wäi nei wohr, hamm sie däi ä neis kaufm mäin, weil des alte oongeblich altmodisch wohr.«

Jetzt wagt der Drogist wieder eine Zwischenbemerkung: »Joo, joo, die Mode kost halt enn Haffn Geld. Dou moumer scho ...«

Aber Frau Riedelbauch läßt ihn nicht ausreden. Sie fällt ihm unbarmherzig ins Wort: »Und wissens, wer des schäine Wohnzimmer miitgnummer hout? Zwaa Türkn. Iich hous genau mit eichner Aung gsäing. Iich möcht blouß wissen, wos die Türkn mit emm daitschen Wohnzimmer oofanger könner, wou däi doch blouß aff ihre Teppich rumhockn denner. Naa, des kann ned goutgäih. Des nimmt numall ä bäis End, wenn die Lait allers wechwerfm. Iich werf ja rein gohr nix wech. Mit meim altbackner Brout fütteri immer die Entler in der Pengertz und aus meine altbackner Weckler machi Semmelbräiseler. Übrichens, dou fällt mer ei, die Lehmanns ihr Brout werd aa immer schlechter.«

Frau Riedelbauch kommt vom Hundertsten ins Tausendste. Die Bäckerei Lehmann in der Blücherstraße ist normalerweise ihre nächste Etappe bei ihrem Rundgang durch die Geschäfte des Viertels. In der Bäckerei, wo sie meist zwei Bamberger Hörnchen für ihren Nachmittagskaffee kauft, läßt sie dann kein gutes Haar an dem Drogisten Waldmann, obwohl das das junge Mädchen, das aushilfsweise im Laden verkauft, herzlich wenig interessiert: »Der Waldmann werd aa immer unverschämter. Wissens, wos der für zwaa Rolln Klopapier verlanger tout? Zwaa Mark und verzg Pfenni! Vuri Wochn houts nu ä Mark und sechserneinzg kost. Des derfs doch gohr ned gehm, daß ä Klopapier su teier is.«

Und mit diesen Worten zieht sie zwei Rollen Klopapier aus ihrer Plastiktüte und legt sie auf die Ladentheke. Der Aushilfsverkäuferin ist das sichtlich peinlich, daß zwei Rollen Klopapier auf der Ladentheke einer Bäckerei liegen, und drückt sie Frau Riedelbauch ganz schnell wieder in die Hand. Die Kunden, die im Laden warten, können nicht umhin zu grinsen.

Von der Bäckerei Lehmann in der Blücherstraße führt Frau Riedelbauchs Weg kurzerhand in die Metzgerei in der Oberen Kieselberggasse. Weil es inzwischen schon auf elf Uhr zugeht, nimmt sie sich ein halbes Pfund Schweinebauch mit, den man in Nürnberg »ä Bündle« nennt: »Iich hätt gern ä halbs Pfund Bündle, obber fei ä moochers, wenns gäiht.«

Obwohl mageres Schweinefleisch ein Widerspruch in sich selbst ist, tut die Metzgerin alles nur Erdenkliche, um Frau Riedelbauch zufriedenzustellen. Sie weiß genau: Ein falsches Wort, und Frau Riedelbauch erzählt überall herum, daß es bei ihr nur fettes Schweinefleisch gibt. Wer über das Brot des Bäckers herzieht, macht auch vor dem Fleisch des Metzgers nicht halt.

Um die Mittagszeit, von 13 bis 15 Uhr, haben alle Geschäfte rings um die Deutschherrnstraße geschlossen. Das ist die schlimmste Zeit für Frau Riedelbauch. Manchmal versucht sie die zwei Stunden dadurch zu überbrücken, daß sie den Supermarkt in der Unteren Kieselberggasse aufsucht. Dann kann sie ein kleines Schwätzchen mit einer der Kassiererinnen halten. Eine davon ist sogar Ausländerin. Frau Riedelbauch ist deshalb gezwungen, mit ihr Hochdeutsch zu sprechen:

»Du, Türkei?«

Die Kassiererin antwortet in fließendem Hochdeutsch, ohne jeden Akzent: »Nein, ich komme aus Griechenland.«

Frau Riedelbauch muß nun demonstrieren, daß sie nicht nur über Kenntnisse im Hochdeutschen, sondern auch in der Geographie verfügt: »Griechenland, Hauptstadt Athen. Ich wissen von Kreuzworträtsel. Du verstehen Kreuzworträtsel?«

Als die Kassiererin zu erkennen gibt, daß sie deutsche Kreuzworträtsel in deutschen Zeitungen lösen kann, ist Frau Riedelbauch mehr als erstaunt.

Wenn dann eine halbe Stunde später, um drei Uhr, der Drogist Waldmann seinen Laden wieder aufmacht, kann sie gleich mit einer Neuigkeit aufwarten: »Also, manche Ausländer senn fei scho in Oddnung. Im Supermarkt hockt ä Griechin an der Kasser. Däi kann fei sugohr unsre daitschn Kreizworträtsel routn.«

Herr Waldmann ist sofort entrüstet, aber nicht wegen der Ausländerin: »Wos, in Supermarkt gänger Sie, Frau Riedelbauch? Des hätti ned vo Innern denkt. Sie werrn mer doch ned aa nu untrei werrn.«

»Wos willinn sunst machn vo aans bis dreier, wenn die Gschäfter zouhamm? Iich hou halt schnell wos braucht!«

Der Drogist kann sich schon denken, was sie gebraucht hat! Um ihren Fauxpas wiedergutzumachen, kauft sie gleich ein Fläschchen Melissengeist mehr als sonst. Der Drogist rät ihr zwar immer zur kostensparenden Großflasche, aber Frau Riedelbauch hat ihre kleinen Fläschchen so liebgewonnen, daß sie sich auf dieses zweifellos gutgemeinte Angebot nicht einlassen kann. Und außerdem geht es ihr auch ums Prinzip: Je weniger sie einkauft, desto häufiger muß sie die Geschäfte aufsuchen. Zu Hause würde ihr ohnehin bloß die Decke auf den Kopf fallen.

Einen weiteren Teil des Nachmittags verbringt sie in der Toto- und Lottoannahmestelle. Einmal in der Woche versucht sie ihr Glück. Hin und wieder hat sie mal einen

Dreier, aber wenn Frau Riedelbauch in ihrem langen Leben etwas gelernt hat, dann ist es der Umstand, daß man die Hoffnung niemals aufgeben soll. In der Lotto- und Totoannahmestelle gibt es auch Zeitungen und Zeitschriften. Eine Tageszeitung liest Frau Riedelbauch nicht. Dafür hat sie ja ihren Fernseher, aber sie liest, mit wachsender Begeisterung, regelmäßig das »Herzblatt«, das ihr schon oft genug Gesprächsstoff bei ihrem Rundgang durch die Läden geliefert hat. Im Getränke-Discount, wo sie sich immer kurz vor Ladenschluß einfindet, um sich zwei Flaschen Bier zum Abendessen zu holen, gibt sie dann oftmals Geschichten aus dem Leben der europäischen Fürstenhäuser zum besten, die sie aus dem »Herzblatt« kennt: »Die Prinzessin Diana soll ja mit ihre Nervm vollkommen am Ende saa, soongs. Wenn des su weitergäiht, läßt sie däi fei aa nu vom Charles scheidn. Mir tout ja blouß dem sei Mutter leid, die Könichin Elizabeth. Des houts nämli werkli ned verdäint. Etz wou der Thronfolger endli dou is ...«

Um achtzehn Uhr, wenn der Getränke-Discount geschlossen wird, ist Frau Riedelbauch jedesmal die letzte im Laden. Man muß ihr förmlich die Tür vor der Nase zusperren. Nun beginnt die schlimmste Zeit für sie. Sie muß den ganzen Abend und die ganze Nacht überbrükken, bis um sechs Uhr dreißig endlich wieder die Bäckerei aufgemacht wird, wo sie sich zwei Brötchen zu ihrem Frühstück holen kann ...

## Fensterplatz

*Ein MANN schaut aus dem Fenster, die Ellbogen auf ein Kissen gelehnt. Neben sich eine Flasche Bier.*

MANN Nimmer viel lous hait ohmd! Seits däi Umleitung widder aufghoom hamm, is richti ruhich. *Pause; ein Auto fährt ziemlich schnell vorbei.* Halt, dou wohri ä weng voreilich! Wos is denn des fürer Oärsch? Scho widder anner, wou unser Straß als Schleichwech mißbraucht! *Pause.* Und an Tempo dreißig hälter si aa ned. *Pause.* Bläid is blouß, daß däi su schnell vorbeiroosn! Dou hout mer ned ämall Zeit, daß mer ihr Nummer aufschreim koo! *Pause.* Iich notier mer die Nummern vo alle Auto, wo mer auffalln. *Pause.* Dou houi ä suer Notizbäigler, dou kummt des allers nei! *Pause.* Vuriges Johr houi sugohr nu die Auto zählt, wou durch unser Straß fohrn, obber des houi widder aufgehm, weil: wecher derer Scheiß-Umleitung binni mitm Zähln gohr nimmer nouchkummer! *Pause.*
Die Riedelbauchi! Hait is obber spät droo! Normool is um däi Zeit ja scho in der Lotto- und Totto-Onnohmestell! *Pause.* Daß däi ämall andersrum gäiht, des gibts ja ned! Erscht gäihts zum Kerschbaum in die Bäckerei, dou kafft sersi ihre Weckler und enn Underberch, nou gäihts in Milchloodn, dou kafft sersi ä Büchsnmilch. Jeden Tooch kafft si däi ä Büchsnmilch! Iich waaß aa ned, warum. Ä Büchsnmilch und enn Unterberch! Mir langt ä suer Büchsnmilch acht Tooch. Trinkt däi däi odder wos? *Pause.* Und dann gäihts in die Totto-und-Lotto Onnohmestell, dou kafft sersi ä Päckler Overstolz! Däi raucht blouß ohne Filter. Wäi däi des blouß durchhält! Iich hou wecher meine Bronchien des Raung scho lang aufgehm, und däi qualmt immer nu wäier Schlout. Ä Päckler Overstolz und enn Unterberch! *Pause.* Und dann gäihts zum Metzger, zum Wendler, dou holt sersi immer blouß ä Achtel. Ä Achtel Gelbworscht odder ä Achtel Bierschinkn. Säi könnt si ja aa mehr hammtou. Für wos houts denn enn Kühlschrank? Ober naa, immer blouß ä

Achtel. Ä Achtel. Ä Achtel Gelbworscht und enn Underberch. *Pause.* Und dann verschwinds nu um die Eckn, in die Blumentalstraß, dou is ä suer Getränke-Discount, dou kafft sersi ä Fläschler Bier, immer blouß anns. *Pause.* Ä Bier und enn Unterberch! *Pause.* Meistens kummts ja erscht in Getränke-Discount, wenn däi grood ihrn Loodn zoumachn wolln. *Pause.* Obber däi Verkaiferi dou drin is die nämliche Schmarrtanter! Däi und die Riedelbauch! Dou hamm si zwaa gsoucht und gfunner! *Pause.* Manchmall kummts dann erscht kurz vuur siemer widder hamm, nou schaui obber dassi vo meim Fenster wechkumm und verschwind, sunst fängts nämli mit mir aa nu zum schmarrn oo.
*Pause.*
Seit mei Frau vuur zwaa Johr gstorm is, maant däi alte Dolln – däi is ja scho su lang allaans, daß gohr nimmer wohr is – sie mäißert si um miich kümmern. Obber dou kanni aa draaf verzichtn. *Pause.* Däi fehlert mer grood nu! Iich will mein Rouh! Däi hout ja blouß es Saufm im Kupf. Und iich bin der aanziche, wou erer aff die Schlich kummer is: Däi maant nämli, wenns überoll blouß ann Unterberch kauft, merkt kanner, daß saift! *Pause.* Iich bringert des bittere Zeich ja ned ämall nunter, des is ja su gallbitter, daß amm ganz anders werd! *Pause.* Obber der schmeckts. Vielleicht brauchts ja suwos Bitters, weils selber su is: Wos mer saift, su is mer! *Pause.* Ner, meinertweng koos ja saufm, woos will, wenns mi ner blouß in Rouh lassert! *Pause.* Iich kann ja ned ämall zu meiner Tür nausgäih, nou is scho dou. Iich glaub, däi paßt mi oo! Und jedsmall waaß wos! *Pause.* Iich bin zwohr immer kurz oongebundn, obber des macht der doch nix aus! Däi redt und redt, und iich stäih dou und möchert am läibstn ganz wou anders saa!
*Pause.*
Gut, wohr ja, wäi ihr Wellnsittich durch is. Des wohr vielleicht ä Schloocher! *Er lacht auf.* Dou vorn aff derer Kastoonie wohrer ghockt! *Pause.* Fräiher wohrn ja fünf Kastoonien in unserer Straß gestandn, obber dann hamms die Straß verbreitert, nou is blouß nu anne

übrichbliem. *Pause.* Heier houts widder schäi bläiht! Wäi ä Christbaum schauts dann aus, mit lauter Kerzn droo. *Pause.* Etz waaßi, wos die Riedelbauch mit derer Büchsnmilch macht! Dassi dou nanni draffkummer bin *Pause.* Däi gräicht ihr Wellensittich! *Pause.* Also, iich waaß aa ned, wäis passiert is: Der Wellensittich wohr oom affm Bamm und die Riedelbauch wohr untn: »Hansi, kumm runter! Kumm zum Frauler!« Obber der wollt ums Verreckn nimmer roo, der Frecker! Mit der Zeit houts die ganze Nachbarschaft rebellisch gmacht, obber kanner hout ä Lattern ghabt, wou naufglangt hout. *Pause.* Des wohr ein Hali und ein Halo. *Pause.* Und dann houts aa nu die Feierwehr oogrufn! Die Feierwehr wecher emm Vugl! *Pause.* Däi senn gleich mit drei Autos kummer, hamm ihr Riesen-Lattern ausgfohrn und zwaa Feierwehrmänner hamms des Viech eifanger mäin. *Pause.* Obber des dicke Ende kummt ja nu! Hou iich miich vielleicht gfreit! Des hout mer richti gouttou! Für den Feierwehreinsatz houts sache und schreibe 429 Mark hiiblättern mäin! Dou hätts vier neie Wellensittich drum gräicht, wenn ä suer Viech enn Hunderter kostn sollert! *Pause.* 429, und des ba derer ihrer klanner Rentn! Dou houts scho gschaut!

*Pause.*

Etz gäihts in die Totto-und-Lotto-Onnohmestell! Ner endli! *Pause.* Ach, hait is ja su weit, däi mou ja ihrn Lottoschein oogehm! *Pause.* Iich waaß ja sugohr ihre Lottozohln: *Er zählt sie auf.* 8 17 23 31 39 44. Däi houts mer mall gsacht, und etz gängers mer nimmer aus meim Kupf raus. *Pause.* Iich wach mittn in der Nacht auf und nou senns widder dou: 8 17 23 31 39 44.

*Pause.*

Iich wär frouh, wenni däi ämall nimmer siichert! Obber dou kooi lang wartn! Däi raucht und sauft, und is gsund wäier junger Hund! *Pause.* Wer waaß, wers vo uns zwaa nu länger macht!

## Hilflos

*Eine ältere FRAU telefoniert in einem Pensionszimmer.*

FRAU Voweeng »Sie dürfte hilflos umherirren«, wäis hait fräih im Roodio durchgehm hamm! Vo »Umherirren« koo gohr ka Red ned saa. Im Geengteil. Iich waaß genau, wossi will, und des machi aa. *Pause.* Iich und »hilflos«, dou kanni ja blouß lachn! Iich waaß mer scho zu helfn! Iich brauch kann, der wou aff miich aufpaßt. *Pause.* Obber es Allerschönste wohr ja däi sogenannte »Personenbeschreibung«, wous durchgehm hamm: »Als sie zuletzt gesehen wurde, trug sie einen Regenmantel mit Leopardenmuster und ein dazu passendes Kopftuch.« *Sie lacht.* Waßt, wou der Mantel etz is? *Pause.* Des derrätst du nie im Lehm! Pause . Den houi einfach im Zuuch hänger loun. Nerja, um den is ned schood. Des wohr ja blouß a suer Glump vom »Woolworth». Und dann hamms ja aa nu wos vo graue Hoor gsacht in derer sogenannten »Personenbeschreibung«. Dou könners lang soung, bis anne mit grauer Hoor finner, aff däi däi Beschreibung zutrifft. *Pause.* Schood, daßd mi ned säing koost. Iich bin etz widder brünett. *Pause.* Für wos gibtsn Perückn? Iich hou fast widder mei alte Hoorfarb. Däi Perückn macht mi um zeä Johr jünger, wenns langt. Und dann houi mi aa nu vo ohm bis untn nei ausstaffiert, wäi i in ... *Sie zögert.* Halt, etz hätti mi beinooh verroutn. Des braucht ja kanner wissn, wou i etz bin. Und dir soochis aa ned. *Pause.* Naa. Ned ämall dir. Sicher is sicher. Wos maanst, wos des für ä schäins Gfühl is, wemmer widder wos Schäins zum Oozäing hout? *Pause.* Kleider machen Leute. Dou lebbt mer widder auf! *Pause.* Iich bin ja johrelang wäi ä graue Maus rumgloffn. Iich hou praktisch blouß nu braun und grau troong, derzwischn ämall ä weng wos Dunkelblaus, obber des wohr aa scho allers. *Pause.* Du sollerst ämall mei routs Kostüm säing. *Pause.* Des is su rout, des gibts gohr ned. *Pause.* Des is mir doch worscht, wos des kost hout. Iich bin doch ned dumm und dräih jedn Pfenni um. Des houi mei ganz Lehm lang machn mäin. Wemmer etz wos gfällt, werd ned lang rumtou, des werd einfach kafft. *Pause.* Woui es Geld derzou herhou, willst wissn? Du bist gout! *Pause.* Maanst, iich hou ka Geld? Neigieri bist gohr ned. *Pause.* Keine Angst, iich hou ka Bank überfalln. Iich hou blouß allers abghoom, wos aff meim Sporbouch draff wohr. des wohrn immerhin 60 000 Mark. Mit 60 000 Mark kummt mer ganz schäi weit. *Pause.* Dou schaust, gell? Des hättster ned denkt, dassi nu suviel Geld hou? *Pause.* Des werd etz allers affn Kupf ghaut, obber ned aff amall, wäi du vielleicht denkst, naa, schäi langsam, nouchernander. Wennis mer nämli schäi eiteil, houi lang wos dervoo. Sporn brauchi doch etz nimmer. Für wen denn? *Pause.* Dou mäißerti doch bläid saa, wenni für den sporn dennert! Johrelang houi immer aff allers verzicht, daß ers ämall schäi hout. Etz machi mers selber schäi! *Pause.* Waßt, wossi vo meim Balkon aus säing koo? *Pause.* Iich nehm doch ka Zimmer ohne Balkon, wenni den ... hm ... hm ... hm säing koo. *Pause.* Naa, des soochi der ned, wos des für ä See is, sunst bringts der am End nu ferti und fährt her und soucht mi ... Su grouß is der See aa widder ned. *Pause.* Houter eingli scho bei dir oogrufn, mei Herr Sohn? *Pause.* Des hätti mer denken könner. Wos houtern gsacht? *Pause.* So, Sorng machter si um miich! Des hätter si fräiher überleeng könner. *Pause.* Houter aa gsacht, wos vuurgestern passiert is? *Pause.* Naa? *Pause.* Sichst, des is widder ämall typisch. Typisch Kurt. Dir trauter scheinbor ned übern Wech, weil er waß, daßd mei beste Freindin bist! *Pause.* Waßt, wossi vuurgestern gmacht hou, wos passiert is? Iich hou mer denkt, etz langts, etz is Schluß, und dann binni einfach zu imm in sei Schul ganger. Erscht houi affm Sekretariat gfroucht, in wos für emm Klassenzimmer daß er grood unterricht, und dann binni einfach neiganger. Iich hou ned ämall ooklopft. Des wohr mer scheißegool. Wos maanst, wos der für ä Gsicht gmacht hout, wäi er plötzli sei Mutter gsäing hout? Käsweiß wohrer wäi ä Kreidn. Dou dermiit houter ned grechnt ghabt. Und dann houin mittn vuur seine Schüler gfroucht: »Warum hast mi scho seiterm

Vertljohr nimmer bsucht?« Mehr wollti gohr ned wissn, blouß des! *Pause.* Dou hamm natürli sei Schüler zum Lachn oogfangt. Des wohr nern furchtbor peinlich, dassin vuur innern blamiert hou. Obber mir wohr des worscht. Hätter mi bsucht. *Pause.* Dou isser dann mit mir affn Gang nausganger. »Du spinnst ja, Mutter!« Des wohr des aanziche, wosser zu mir gsacht hout. »Du spinnst ja, Mutter!« Mehr houter ned rausbracht: »Du spinnst ja!« Und dann houinn mei Meinung gsacht, obber wäi: »Iich waaß genau, warum du dei Mutter nimmer bsuchst«, houi zu imm gsacht. »Du hast ä neie Freindin!« Dou isser dann frech worrn. Su houin nanni kennt. Su frech wohr der nu nie zu mir, in seim ganzn Lehm ned. *Pause.* Iich wär schuld droo, hout er gsacht, dasser nu ka Frau hout, weili an jeder neier Freindin wos auszusetzn ghabt hätt, und etz sollin gfälligst in Rouh loun. Es wär besser, wenner mi ä Zeitlang nimmer siichert. Des moußter ämall vuurstelln! Sacht der des zu seiner Mutter. Und nou isser widder in sei Klassnzimmer nei und hout sei Schüler zamputzt, weils suern Krach gmacht hamm. *Pause.* Wos maanst, wäis mir dou zumut wohr? Iich hätt greiner könner. Obber nou houts ned lang dauert, und iich hou ä Wout gräicht, ä Sauwout. Und däi Wout hout mer richti gouttou. Wenner mer dou in die Finger kummer wär, waßi ned, wossi mit imm gmacht hätt! Und wäi däi Wout widder verraucht wohr, is mer mit am Schlooch klor worrn, wossi bis etzer für ä dumme Kouh wohr! Iich hou nämli mei ganz Lehm lang nie mei eings Lehm glebt. Erscht houi des gmacht, wos mei Lait gwollt hamm, und dann houi mi für mein Sohn aufgopfert. Der hout recht ghabt, wäi er gsacht hout, dassi spinn. Obber etz spinni nimmer ... Iich bin mei ganz Lehm lang am Lehm vobeiganger, obber etz is Schluß! Etz möcherti aa ämall wos vom Lehm hoom. Etz haui mei ganzs Geld affn Kupf. Der gräicht vo mir kann Pfenni mehr. Keinen Pfennig! Und wenni ka Geld mehr hou, des is mer dann aa worscht. Läiber hocki mi in die Fußgängerzone und bettel die Lait oo, als dassi widder ins Altersheim zrückgäih, woumi mei Herr Sohn ä ganz

Vertljohr lang nimmer bsucht hout. *Pause.* Naa, etz denki blouß nu an miich! *Pause.* Etz moui obber Schluß machn. Die Noochrichtn kummer gleich, wenn mei Uhr stimmt. *Pause.* Vielleicht bringers ja däi »Suchmeldung« numall mit derer sogenannten »Personenbeschreibung». Iich möchert aa wos zum Lachn hoom. Vonweeng »hilflos«! Des wohr ämall. *Pause.* Ade, Betty! Machs gout, machs su wäi iich ...

## Das Familiengrab

*Ein am Boden liegender Grabstein am Johannisfriedhof. Eine FRAU kommt mit einer Blumenschale.*

FRAU Servus, Vatter, iich hätt mi hait fast gohr ned hertraut, obber wos willi denn machn? Irchendwann moußter ja ämall erfohrn. Hait bringi der ka goute Noochricht. Sei mer ned bäis, iich kann nix derfür. Iich hou mei Möchligstes getan. Iich kumm grood vom Gricht. Vielleicht wärs doch besser gween, wenni ned kummer wär, obber du willst ja schließlich aa wissn, wäist droo bist. Es gäiht ja um diich. Drum kanni di einfach ned länger wartn loun. Des bringerti ned übers Herz.

*Pause.*

Etz stelli der obber erscht ämall däi Blummerscholn dou her. Iich waaß, des is ä schwacher Trost, obber schäi senns trotzdem däi Blummer. Des senn fei Gottesaugen. Däi machn si gout aff deim Groobstaa.

*Pause. Sie setzt sich auf den Grabstein.*

Also, wäi gsacht, iich kumm grood vom Gricht. Naa, Vatter, wenni des gwißt hätt, wäi der Prozeß nausgäiht, nou hätti mer des Geld gleich sporn könner. Des senn 500 Mark, woui zum Fenster nausgworfn hou. Des is viel Geld. Däi nehmers doch vo die Lewendichn. Und dou derbei hamms blouß ihre Paragrophn im Kupf. Dou, wou andre ä Herz hamm, dou hamm däi ihre Paragrophn drinner. Wos anders intressiert däi doch ned. Des senn doch kanne Menschn mehr, wou solche Urteil fälln. Und nu derzou im Namen des Volkes, wäier am Schluß gsacht hout! Dassi ned lach! Wou bleibtn dou die Gerechtigkeit?

Vatter, waßt wäi lang der nu zu dir neiderf? Zehn Johr. Des ist bei dem Prozeß rauskummer. Zehn Johr. Des moußter ämall vuurstelln. Sulang, wäi der Mietvertrooch für des Groob läfft! Des is doch ka Urteil, des isser Gemeinheit. Etz semmer genausu schlau wäi vurher.

Und dou derbei wohr des vo Oonfong oo mei Groob, des haßt, unser Groob, Vatter. Dem wohrs doch worscht, wosser für anns gräicht. Der will si suwisu ämall verbrenner loun. Obber iich wollt immer wos Bsonderes hoom. Ä Groob affm Johannisfriedhof, des hout ned ä jeder. Dou schleckn si alle Lait die Finger dernouch oo, wou lauter berühmte Lait dou lieng. Gell, Vatter, des hättster ned traimer loun, daß du praktisch ämall dort lichst, wou der Dürer licht? Dem sei Bild vom Ritter, Tod und Teifel wohr ja lang gnouch in unserer Wohnung ghängt, bis mer ausbombt worrn senn.

Und außerdem houter si doch um gohr nix kümmert. Wer hout denn die ganze Lauferei ghabt, bis mer des Groob gräicht hamm? Iich. Zwei Johr lang binni alle verzehn Tooch in die Friedhofsverwaltung gloffm und die Lait su lang aff die Nervn ganger, bissi des Groob gräicht hou. Wer hout denn dou derfür gsorcht, daß des Groob widder renoviert wird? Iich. Weil wemmer scho suern Haffn Geld fürer Groob ausgibt, nou mou des aa wos gleichsäing. Mir braung uns mit unserm Groob ned schämer, Vatter. Mir ned!

Und etz kummt er derher und behaupt steif und fest, daßm die Hälft dervoo ghört, weiler allers bezohlt hout. Als ob mer ä suer Groob halbiern könnert, glabsters. Und dou derbei is des ja ned ämall wohr, dasser allers bezohlt hout! Iich hounern ja immerhin 5000 Mark derzougehm. Des wohr allers, wossi nu aff meim Sporbäigler ghabt hou. Und außerdem wohr des nu ä Geld vo dir, Vatter, des wohr nu wos vo deim Erbe.

Die Renovierung hout 4000 Mark kost und die Miete fürs Groob hout für sache und schreibe zehn Johr 8000 Mark kost. Des senn zusamm 12000 Mark, wou mir für des Groob hiiblättern hamm mäin, Vatter, obber für diich wohr mir nix zu teier, wou iich dir allers verdankn tou. Wemmer etz vo däi 12000 Mark meine – des haßt eingli senns deine 5000 Mark – oorechent, dann houter blouß 7000 Mark für des Groob bezohlt. Su billich kummt der nie widder zu emm Groob affm Johannisfriedhof. Wenn der blouß ned su stur wär! Iich setzert werkli alle Hebel in Bewechung, bissi 7000 Mark zammkratzert! Obber naa, der is ja stur wäier Panzer. Und dann fängter aa nu enn Prozeß oo. Und su amm gehm die Herrn Richter aa nu Reecht! Des moußter ämall vuurstelln, Vatter: Wenn der in die nächstn zehn Johr sterbm tout, sulang der Mietvertrooch halt nu läfft, nou derf der automootisch ba dir beerdicht werrn, obwohler ned ämall mit dir verwandt is. Mit mir isser ja aa nimmer verwandt, woumer seiterm halbm Johr gschiedn senn. Etz isser für miich blouß nu ä wildfremder Mensch. Nix weiter. Und suer wildfremder Mensch derf zu dir in dei Groob nei. Naa, des senn kanne Richter, weil des ehm ka Gerechtichkeit ned is, daß wildfremde Menschn die Rouh vonnerm Toutn störn derfn. Die Rouh vonnerm Toutn sollert aa emm Richter heilich saa.

Obber anns versprechi der hait scho, Vatter. Sollte der vuur mir sterbm, nou loui di schleinigst umbettn. Des kummt überhapt ned in Frouch, daß der ämall zu dir reikummt. Nach allerm, wosser mir und dir ootou hout. Nou kaffi der läiber ä neis Groob. Und wenni mers vo der Goschn oosporn mou!

Allmächt, des wär ja gohr ned auszudenkn, wenn des passierert, woss mer etz grood eigfalln is: Bis 1990 derf der unser Groob mitbenutzn, sulang wäi der Vertrooch läfft. Wenn der etz zum Beispiel nummal heirert – und wäi i den kenn, nou machters aa –, nou derfer zum Beispiel – gesetzt den Fall, sei Frau stirbt – sei Frau jederzeit zu dir mitneilegn loun.

Des senn doch kanne Zuständ! Und wenner vuur seiner Frau stirbt und däi heirert aa nummall und derer ihr Moo stirbt vuur ihr innerhalb der nächstn zehn Johr, nou kanns ihrn Mou dou reitou, nou lieng scho zwaa Fremde in unserm Groob. Allmächt, zwaa Fremde, dou kanns amm ja Himmelangst werrn, wer in des Groob nu allers reikummer kann.

## Der Hut

*Sieben Frauen warten im Wartezimmer eines Orthopäden. Einmal ist die Stimme der Sprechstundenhilfe (STIMME) auf dem Gang zu hören. Am Anfang verläuft der Dialog fast parallel. Die 6. FRAU spricht nur mit der 1. FRAU.*

1. FRAU Hait reengts.
*Pause.*
7. FRAU Hait gäiht gohr nix weiter.
*Pause.*
1. FRAU Hait könnertin braung. Dringend braung.
*Pause.*
5. FRAU Vuur ä Vertlstund is der letzte aufgrufn worrn.
6. FRAU Wos könners braung?
1. FRAU Mein Hout. Ausgrechnt hait mouß reengner!
7. FRAU Däi kummer hait gohr ned nouch vuur lauter Spritzn.
6. FRAU Ihrn Hout? Obber Sie hamm doch enn Hout auf.
1. FRAU Des is ned der. Des is ä anderer.
7. FRAU Nix wäi Spritzn. Gräing Sie aa ä Spritzn?
5. FRAU Zwaa. Zwaa am Dienstooch und zwaa am Dunnerstooch.
7. FRAU Suviel gleich?
5. FRAU Wenns ner helfertn! Iich koomi vuur lauter Schmerzn nimmer rührn.
6. FRAU Hout is doch Hout. Hauptsach, mer hout ann auf.
7. FRAU Wissens, wos mer iich wünsch? Amall ohne Schmerzn aufwachn!
1. FRAU Naa, ehm ned. Den Hout dou moochi ned.
6. FRAU Warum troongsn dann?
1. FRAU Dermiti überhaupts wos aufhou!
6. FRAU Wos wollsn? Der is doch ned schlecht.
1. FRAU Naa, schlecht isser ned, der wohr ja aa ganz schäi teier.
*Pause.*
4. FRAU Ka aanzicher Moo is hait dou. Hait sammer lauter Frauen.

5. FRAU Siebm auf einen Streich!

6. FRAU Vielleicht mäinsersi erscht an den Hout gwöhner.

1. FRAU An den Hout werri mi nie gwöhner.

*Pause.*

3. FRAU Manchmall wohri scho die aanziche Frau unter lauter Männer.

6. FRAU Soongs doch suwos ned. An allers kammer si gwöhner.

7. FRAU Sinds doch frouh, dou hamms doch die freie Auswohl ghabt.

1. FRAU Obber ned an den Hout! *Pause.* Und des ausgrechnt hait, wous reengt!

3. FRAU *lacht* Naa, däi hamms doch alle mit der Bandscheim ghabt.

1. FRAU Etz merki erscht, wäier mer fehlt!

3. FRAU Und außerdem is des Kapitel »Männer« in meim Lehm scho lang vobei. Iich bin 79.

STIMME Frau Wagner, bitte ins Sprechzimmer zwei kommen! Frau Wagner.

7. FRAU Des is doch grood des richtiche Alter.

1. FRAU Iich hou scho alle möglichn Häit ghabt, obber su enn Hout nu nie!

STIMME Frau Wagner, ins Sprechzimmer zwei. Frau Wagner bitte!

7. FRAU *lacht* Nix für ungut! *Pause.* Mer derf blouß sein Humor ned verliern.

1. FRAU Des wohr mei Lieblingshout.

7. FRAU Wos hout däi gsacht?

1. FRAU Wäi vom Erdbuudn verschluckt!

5. FRAU Frau Wagner!

7. FRAU Allmächt, des bin ja iich.

*Die 7. FRAU geht ab. Lange Pause.*

1. FRAU Iich hou allers nach imm ausgsoucht. Maaners, iich findert den widder? *Pause.* Wech, ganz einfach wech.

*Pause.*

3. FRAU Iich haaß Reitberger. Soong Sie mir bitte, wenn Reitberger aufgrufn werd?

4. FRAU Wennis hör. *Pause.* Iich hou ä neis Hörgerät, dou hört mer die Nebengeräusche doppelt su stark.

*Pause.*

6. FRAU Hamms dou scho gfroucht?

1. FRAU Wos dou?

6. FRAU Ner, vielleicht hammsn ja dou hängerloun? Im Wartezimmer!

1. FRAU Iich lou doch mein Hout ned hänger.

6. FRAU Des kammer doch nie wissn.

1. FRAU Wenni wos waaß, nou is, dassi mein Hout nie wou hängerlou! *Pause.* Naa, naa. Der mou derhamm saa. Wos anders kummt gohr ned in Frouch. Wenni ner blouß wissert, wou? Iich souch und souch und souch. Und wos is? Nix. Fehloonzeiche! Ka Hout weit und breit!

6. FRAU Es Haus verliert doch nix.

5. FRAU *mischt sich ein* Iich find aa nie wos, wenni wos souch! Und dann tauchts plötzli vo ganz allaans auf.

1. FRAU Ja, schäi wärs. Obber iich glaub langsam nimmer droo, dassi den nu find.

3. FRAU *mischt sich ein* Wennsn ned soung, findensn.

1. FRAU Des gäiht doch ned! Mer soucht doch automootisch, wemmer wos verlorn hout.

4. FRAU *mischt sich auch ein* Vielleicht hamms ja ned richti gsoucht?

1. FRAU *empört* Ned richti gsoucht? Iich hou ned richti gsoucht? *Pause.* Dou hättens mi ämall säing solln! *Pause.* Iich hou allers ausgsoucht, iich hou praktisch die ganz Wohnung affn Kupf gstellt. Iich hou in meim Nachtkästler gsoucht.

4. FRAU Ins Nachtkästler tout mer doch kann Hout nei!

1. FRAU Unter die Bettn houin gsoucht.

6. FRAU Unter die Bettn?

1. FRAU Ner, dasser vielleicht ass Versäing nuntergrollert is!

5. FRAU Wäi soll denn Ihr Hout in Ihr Schloufzimmer kummer? Hänger Sie den ned an die Garderob? Iich häng mein immer an die Garderob.

1. FRAU *geht nicht darauf ein* Im Wohnzimmer houin gsoucht, hinter der Vitriner. Obber hinter die Gläser tout mer ja aa kann Hout ned.

3. FRAU Ä Hout kann si ja ned verschlupfn.

1. FRAU Der scho, der wohr ja ganz weich. *Pause.* Und ä schäine Feder houter aa nu ghabt. Iich glaub vonnerm Strauß. *Pause.* Im Bood wohrer aa ned.

4. FRAU Etz, wous des soong: Mir is ja aa ämall suwos passiert. Iich hou ämall a Scheer verschlampt.

1. FRAU Ä Hout is doch ka Scheer. Enn Hout sicht mer doch.

3. FRAU Des gäiht doch mitm Teifl zou!

4. FRAU Des Gfühl houi langsam aa.

1. FRAU Iich hounern ja sugohr im Keller gsoucht.

6. FRAU Im Keller? Wäi kummtn ä Hout in Keller?

1. FRAU Dou is bei mir immer ä suer Plastiksack drunten. Ä suer groußer blauer, daß aa wos neigäiht. *Pause.* Dou kummer immer meine Altkleider fürs Route Kreiz nei. *Pause.* Für die andern spendi nie wos, blouß immer fürs Route Kreiz, obber dou wohrer aa ned drin.

3. FRAU Wäi soller dou aa neikummer, wennsnern ned neitou hamm?

1. FRAU Iich waaß ja aa ned. *Pause.* Des wohr mei letzte Hoffnung.

2. FRAU *sitzt die ganze Zeit stocksteif da, sagt nur diesen einen Satz* Der wird auf der Lorelei saa!

*Die 2. FRAU kichert, die anderen schweigen peinlich berührt. Lange Pause.*

1. FRAU Zu meim neier Mantel hätter etz aa schäi paßt. *Pause.* Wissens, der hout ä suer Krempe ghabt, dou houi dann, wens greengt hout, ned glei enn Scherm braucht. *Pause.* Hait wärer ideal, wous reengt.

*Pause.*

3. FRAU Vielleicht hammsn beim Frisör gloun?

1. FRAU Dou brauchi doch blouß über die Straß nüber, maaner Sie, iich setz für däi pohr Schritt extra enn Hout auf? *Pause.* Und außerdem gäihi ja blouß alle vier Mohnert zum Frisör, des langt.

3. FRAU Um Gotteswilln, dou schauerti aus.

1. FRAU Wenn mei Hoor nimmer schäi senn, setzi einfach ä Perückn auf. Iich bin ja an der Quelle. Mei Tochter verkauft innerm Perückngschäft am Hauptmarkt. *Pause.* Am läibstn houi däi aus Kunststoff, dou hout sugohr mei Hout draffpaßt. *Pause.* Obber den houi ja nimmer! *Pause.* Wos gebert iich drum, wenni den Hout widder gräichert!

*Pause.*

5. FRAU Vielleicht hammsn ja ämall aufgsetzt, ohne daß gwißt hamm, dassn aufhamm. *Pause.* Des is mir scho mall passiert.

1. FRAU Mir ned. Iich spür des, wenni enn Hout aufhou. Iich spür sugohr, daß des dou ä anderer is.

*Pause.*

6. FRAU Tennersisi doch ned su oo! Kaufn sersi halt enn andern! Suern Hout kammer doch ersetzn.

*Pause.*

1. FRAU Den ned! *Pause.* Suern Hout gibts nimmer.

## Stehcafé

*Stehcafé I*

A Wos macht die Kunst?
B Immer es gleiche. Allers Scheiße.
A Iich hou di scho lang nimmer gsäing.
B Iich diich aa ned.
A Wos treibstn su?
B Frouch mi ned! – Und du? Wos machstn du?
A Immer es gleiche.

*Stehcafé II*

A Entschuldigens, wenn ich Sie oosprech. Wohrn Sie ned gestern aa scho dou?
B Iich kumm jedn Touch douher, sunst werd mer die Zeit zu lang.
A Iich wissert aa ned, wossi sunst tou sollert.
B Suer Tooch zäicht si ganz schäi in die Läng, wemmer allaans is.
A Ned blouß, wemmer allaans is! Iich kann doch ned inn ganzn Tooch fort blouß derhamm rumhockn. Wissens, mei Moo ...
B Ach, Sie hamm nu enn Moo? Wenni nu enn Moo hätt, wisserti, wossi zum tou hätt.
A Des sacht si su leicht.
B Jeder Moo wär mer läiber als wäi gohr kanner.
A Des denki mer manchmall aa, obber dann ...
B Wenn mei Moo nu lebert, könnterti etz ganz gemütlich mit imm Kaffee trinkn, ä Stückler Koung essn, fernsäing ...
A Iich bin läiber dou herin als wäi derhamm. Wos gebert iich draf, wenni endli allans wär.
B Suwos derf mer fei ned soong.
A Iich hou aa blouß laut denkt. Manchmall bleibt mer nix anders übri wäi laut denkn.

*Stehcafé III*

*Zwei ältere Damen unterhalten sich bei Kaffee und Kuchen in einem Stehcafé.*

1. FRAU Iich derfert ja eingli gohr kann Bohnerkaffee ned trinkn, weili su enn houher Bloutdruck hou.
2. FRAU Iich kumm blouß immer destweeng rei, weili mi ned hiihockn derf.
1. FRAU Obber wos willmer denn machn? Wenni enn Koung eß, nou moui ja schließlich enn Kaffee derzou trinkn!
2. FRAU Sitzn is Gift für miich. Entweder iich mou stäih odder gleich lieng.
1. FRAU Obber wemmer allers macht, wos die Dokter soong, nou kammer si ja gleich eibalsamiern loun!
2. FRAU Hait fräih hätti ned denkt, dassi ausm Bett kumm. Allers an mir wohr steif!
1. FRAU Mer kann ja schließlich ned auf allers verzichtn!
2. FRAU Ä Vertlstund houi braucht, bissi ausm Bett kummer bin! Meine Baa wohrn wäi abgstorm!
1. FRAU Ä su ä Tassn Kaffee derf doch gohr nix ausmachn! Mehr trinki doch gohr ned! Eine Tassn, und dann is Schluß!
2. FRAU Obber nacherer Vertlstund wohr des Ganze wäi wechgflogn! Wos des blouß widder wohr! Jedn Tooch hout mer wos anders!
1. FRAU Des houi aa ämall ghabt, obber dann hout mer der Dokter wos zum Eireim verschriem, und dann is widder verganger.
2. FRAU Wos maaners, wos mir der Dokter scho allers verschriem hout, obber des hilft doch nix, des Glump! Erscht houi wos zum Eireim gräicht und dann Tablettn zum Einnehmer! Und wäi däi Tablettn aa nix geholfn hamm, hout ers mit Spritzn probiert!
1. FRAU Mit Spritzn senns immer schnell dou!
2. FRAU Dou, dou – *sie entblößt ihren Arm* – solli Innern mall mein Arm zeing? Allers derstochn vo lauter Spritzn!

1. FRAU Iich vertrooch kanne Spritzn! Dou werds mer blouß immer schlecht draff!

2. FRAU Des gibts doch ned!

1. FRAU Iich kann direkt draff waddn, daß mer schlecht werd, wenni ä Spritzn gräich.

2. FRAU Suwos höri zum erschtnmall! *Pause.* Iich vertrooch manche Tablettn ned! Warum mäin däi aa su grouß saa? Iich kann schluckn, bissi schwarz wer, obber nunterbringer touis ned. Ned ums Verreckn!

1. FRAU Obber wissens, wos iich kamm Menschn wünschn tou? Wemmers mitm Darm hout!

2. FRAU Wos maaners, wos iich scho allers mit meim Darm mitgmacht hou!

1. FRAU Ned ämall meim ärgstn Feind wünschi des.

2. FRAU Wos maaners, wos iich allaans scho für Zeit im Kranknhaus verbracht hou – die letztn pohr Johr?

1. FRAU Iich gäih in ka Krankenhaus mehr! Iich bleib derhamm!

2. FRAU Wos willmern machn, wenns ann abholn?

1. FRAU Wos, abgholt senns worrn?

2. FRAU Joo, fei sugohr mit Blaulicht!

1. FRAU Wenni ner nu ä Tassn Kaffee trinkn derfert!

2. FRAU Zwaa Tooch lang wohri bewußtlos! Erscht houi ä Grippn ghabt und dann houi nu ä Rippnfellentzündung derzou gräicht!

1. FRAU Naa, iich trink läiber doch kann Kaffee mehr! Wer waaß, wäi mer der bekummt! A Tassn spüri nu ned, obber zwaa senn einfach zviel.

2. FRAU Iich lebert hait nimmer, wenn mei Tochter ned kummer wär!

1. FRAU Säings, des kann mir ned passiern! Iich wohn im Altersheim!

2. FRAU Kummer Sie dou immer rei zum Kaffeetrinkn?

1. FRAU Iich derfert ja eingli gohr kann trinkn, obber Sie verroutens ja meim Dokter ned.

2. FRAU Wäi haßtn der?

1. FRAU Des is der Dokter Wörlein!

2. FRAU Meiner haßt Krause. Iich wissert kann bessern!

1. FRAU Iich lou affn Dokter Wörlein aa nix kummer!

2. FRAU Etz moui obber gäih! Iich soll ja ned su lang stäih!

1. FRAU Vielleicht säing mer uns morng widder?

2. FRAU Wer waaß, wos dou widder lous is?

*Stehcafé IV*

A Es is immer widder schäi, wenni hammkumm, nou kanni wenigstens widder mei Tür hinter mir zoumachn.

C Hast grood die Tür oogsperrt, wäi mer fortganger senn?

A Iich gäih kaum nu fort.

D Iich sperr immer oo.

A Iich will kann mehr säing.

C Obber wäi i neili hammkummer bin, hast ned oogsperrt ghabt.

A Am läibstn bleiberti blouß nu in mei eingner vier Wänd.

D Dou houi halt vergessn oozusperrn.

B Und wenn innern die Deckn affm Kupf fällt?

D Des kammer ja ämall vergessn.

A Mer derf ned immer gleich mitm Schlimmstn rechner.

C Suwos derf mer einfach ned vergessn.

D Es is doch nix passiert.

C Obber es hätt ja wos passiern könner.

*Stehcafe V*

*Ein MANN und eine FRAU bei einer Tasse Kaffee.*

MANN Etz werd bald der dritte Weltgräich kummer.

FRAU Allmächt, mir langt nu der letzte. Molns joo ned inn Teifl an die Wänd.

MANN Es werd ja aa langsam Zeit, daß widder anner kummt, weil su lang Friedn wäi etz, des hammer nanni ghabt.

FRAU Senns doch frouh!

MANN Freili binni frouh, obber ä su enn Gräich, den kann mer ned aufhaltn. Der kummt einfach, wenn die Zeit derfür reif is. Und außerdem kanns ja su nimmer weitergäih.

FRAU Ner, dou sorgn doch die Politiker derfür, daß kanner mehr kummt.

MANN Des senn doch allers Gauner. Denern is doch worscht, obs enn Gräich gibt odder ned. Däi hamm doch längst ihre Schäfchen im Trockner.

FRAU Obber die Lait gäihts doch gout.

MANN Zu gout! Und destweeng kummt wos, weils äsu nimmer weitergäih koo.

FRAU Es is doch immer widder weiterganger. Dou werrn mir doch gohr ned dernouch gfroucht.

MANN Schauer sersi doch blouß ämall die Lait oo. Däi wissn doch gohr nimmer wouhii mit ihrm Geld.

FRAU Des is doch schäi, wemmer ä Geld hout. Sie werrn ja aa ä schäiner Rentn gräing.

MANN Iich hou ja aa gnouch mitgmacht. Däi derfns mer scho zohln. Naa, Frau, des derfns mer scho glaum, der dritte Weltgräich kummt.

FRAU Also, iich glaub ned, dassi den nu derleb.

MANN Des kann schneller gäih, wäi mer denkt. Des wohr doch beim letztn genausu. Wer hätt denn denkt, daß enn Gräich gibt?

FRAU Naa, denkt hout mer des werkli ned.

MANN Säings! Und genausu werd des desmall aa saa. Es gibt ja aa zu viel Lait auf der Welt!

FRAU Obber destweeng brauchts doch kann Gräich ned gehm! Die Lait machn si doch selber hi, wemmer die Zeitung su lesn tout.

MANN Und dann willi Innern nu anns soong: Der Russ, der gibt kann Rouh, der will nach Westn. Des steckt dennern einfach im Blout.

FRAU Sie machn mer ja richti Angst. Und außerdem moui etz gäih!

MANN Bleims halt nu enn Aungblick. Loun sersi des doch ämall erklärn. *Pause.* Schauers doch ämall her, mir wissn ja langsam nimmer wouhii mit däi ganzn Lait. Woumer hiischaut, sicht mer nix wäi Ausländer. Pause. Iich maan, mir wärs ja aa läiber, wenns kann Gräich gebert, obber iich kann ja nix dägeeng machn, des is ein Naturgesetz. Wenner kummt, dann kummter.

FRAU Also, wenni etz ned gäih, dann senn die Gschäfte widder su vull.

MANN Däi werrn scho widder leerer, wenns enn Gräich gibt.

FRAU Also, dann, auf Wiedersehn, der Herr! Und nix für ungut!

MANN Wartens, iich mou Innern nu wos zeign! *Er lüftet seinen Hut.* Säings däi Narbn dou auf meim Kupf? Des is ä Oondenkn vom Gräich! Kopfschuß! Wos maaners, wos iich dou dermit scho miitgmacht hou. Diese Schmerzen! Vor allem, wenn si es Wetter ändert.

FRAU Und dou soong Sie, es mou widder enn Gräich gehm?

## *Stehcafé VI*

*Zwei Damen.*

1\. FRAU In der Nacht kammer etz werkli nimmer ausm Haus.

2\. FRAU Iich mou jedn Ohmd mit meiner Sissy Gassi gäih.

1\. FRAU Dou trauer sersi obber wos! Des machert iich ned.

2\. FRAU Obber mei Sissy braucht doch ä wengern Auslauf.

1\. FRAU Iich trauertsmi ned.

2\. FRAU Mir gänger ja aa ned dorthi, wous finster is. Unser Straß is hell.

1\. FRAU Des is dennern doch worscht. Däi werrn doch immer frecher. Etz überfallns die Lait doch scho am hellichtn Tooch.

2\. FRAU Des senn doch Ausnohmer.

1\. FRAU Sie senn gout! Ausnohmer! Lesn Sie denn ka Zeitung?

2. FRAU Mir schauer uns immer die Tagesschau oo, mei Sissy und iich, des langt.

1. FRAU Obber dou erfohrns doch ned, wos vuur Ihrer Tür vuurgäih tout!

2. FRAU Des willi gohr ned wissn.

1. FRAU Sie senn vielleicht gout. Ohne Zeitung könnert iich ned saa.

2. FRAU Wos machns denn dann mit Ihre alten Zeitunger?

1. FRAU Dou kummt immer anner vom Routn Kreiz vobei und holt es Altpapier.

2. FRAU Bei uns kummt kanner. Iich kann des Haufn Papiergschlamp in meiner Wohnung ned braung. Des kann mer ja ned ämall mehr verschürn, wemmer ä Dampfheizung hout.

*Pause.*

1. FRAU Straßnbohnfohrn kann mer aa nimmer.

2. FRAU Mei Sissy fährt su gern. Nerja, däi is ja aa nu richti verspielt.

1. FRAU Wos maaners, wos mir gestern in der Straßenbohn passiert is? *Pause.* Dou wohrn lauter Schulkinder drin. Däi hamm su laut gschrier, daß mer sei eings Wort nimmer verstandn hout. Und desweeng houi innern gsacht, sie solln ned su schreier. Dou hättns ämall säing solln, wäi däi gleich frech worrn senn. Nerja, iich bin ja dann aa sofort an der nächsten Haltestell ausgstieng.

2. FRAU Also, mei Sissy mooch die Kinder gern. Däi spieln immer ä weng miterer.

1. FRAU Su frech wohrn mir ned. Des hättn mir uns ämall erlaum solln

2. FRAU Des senn halt Kinder.

1. FRAU Naa, des senn kanne Kinder mehr.

*Stehcafé VII*

*Eine Dame und ein Herr.*

FRAU Ner, des wohr doch gestern ohmd wos für Sie, gell, Herr Mausner?
MANN Wos?
FRAU Ner, soongs blouß, Sie hamm si den Film ned oogschaut?
MANN Wos fürern Film?
FRAU Ner, der wou im zweitn drookummer is.
MANN Iich hou gestern es erschte gschaut, obber des wohr ä su ä Krampf, dassin mittndrin ausgmacht hou, und dann binni scho ummer neiner ins Bett.
FRAU Hättens halt ä weng umgschalt.
MANN Iich wohr su mäid.
FRAU Ner, dou werrns obber schnell widder munter worrn.
MANN Wos isn nou drookummer?
FRAU Dou hättens wos gsäing für Ihr Geld! Alle Aungblick hout si jemand auszong.
MANN Im Programm is obber nix dervoo dringstandn.
FRAU Dou werrns werkli auf Ihre Kostn kummer, Herr Mausner. Und des wohrn fei sugohr schöne Frauen. Ä jede kann ja ned zeing, wos hout!
MANN Ach, es gibt doch nix Langweilichers wäi nackerte Weiber!
FRAU Des soongs doch blouß, weils den Film ned gsäing hamm.
MANN Allers kammer aa ned säing.
FRAU Gell, etz senns doch ä weng enttaischt?
MANN Ach, louns mi doch mit däi nackertn Weiber in Rouh! Dou derfür binni doch scho zu alt.
*Längere Pause.*
FRAU Neili hout Sie jemand gsäing, wäis aus ä suem bewußtn Kino rauskummer senn.
MANN Iich gäih doch ned ins Kino.
FRAU Sie wissn scho, wos fürer Kino iich maan. Streitn Sies ned ab! Sie senn gsäing worrn.

MANN Vo wem denn?
FRAU Des kanni ned soong.
MANN Etz werd amm scho hinterherspioniert.
FRAU Naa, des wohr blouß Zufall, daß der Betreffende vorbeikummer is.
MANN Der werd aa dringween saa. Iich hätt kann verroutn, wenni ann gsäing hätt. Suwos hängt mer ned an die grouße Glockn.
FRAU Reeng sersi doch ned su auf! Iich hou dou nix dergeeng. Des gäiht miich nix oo, wou Sie Ihr Geld hitroong.

*Stehcafé VIII*

*Zwei ältere Damen bei einer Tasse Kaffee. Gedämpftes Stimmengewirr. Die 1. FRAU spricht die 2. FRAU unvermittelt an. Am Anfang ist der Dialog noch schleppend, dann wird er immer schneller.*

1. FRAU Schmeckt Ihr Kaffee aa su komisch?
2. FRAU Naa, der schmeckt wäi immer.
1. FRAU Meiner hout suern Nouchgschmack.
2. FRAU Meiner ned.
1. FRAU Nerja, für siebzg Pfenning kammer ja aa ned viel verlanger.
2. FRAU Iich trink nern gern.
1. FRAU Und außerdem moumern ja aa nu im Stäih trinkn.
2. FRAU Des macht mir nix aus.
1. FRAU Mir aa ned, obber iich maan halt blouß, daß mer dou herin kanne Oonsprüch stelln derf. *Pause.* Wemmer enn gscheitn Kaffee trinkn will, derf mer halt ded sporn.
2. FRAU Dou schmeckt doch der aa su wäi der ander.
*Lange Pause. Das Vorgeplänkel ist vorbei. Jetzt kommt die 1. FRAU auf ihr eigentliches Anliegen zu sprechen.*
1. FRAU Iich waaß zwohr ned, ob Sie des interessiert, obber derfi Innern ämall wos zeing? *Pause.* Suwos

hamms bestimmt nanni gsäing. *Sie drückt der 2. FRAU einen Zeitungsausschnitt in die Hand.*

2. FRAU *betrachtet ihn* Des is ja ä Todesoonzeich.

1. FRAU Des is meine – *Pause* – mei Todesoonzeich.

2. FRAU Ihr Todes..., obber des gibts doch ned!

1. FRAU Und obs des gibt!

2. FRAU Obber däi könner doch ned einfach ä Todesoonzeich vo jemand in die Zeitung neisetzn, der wou nu lebt.

1. FRAU Des is doch dennern vo der Zeitung worscht. Hauptsach, sie gräing ihr Geld derfür.

*Pause.*

2. FRAU Su lang kann des doch gohr nanni her saa, daß däi Oonzeich in der Zeitung wohr?

1. FRAU Vuri Wochn wohrs drin.

2. FRAU Ach, drum is mer däi gleich su bekannt vuurkummer! Iich les nämli jedn Tooch als erschts immer gleich die Todesoonzeing, dassi waaß, wer allers gstorm is.

1. FRAU Iich aa. *Pause.* Wos maaners, wos des fürer Schock für miich wohr, wäi i dou mein eingner Noomer gsäing hou ...

2. FRAU Obber wer macht denn suwos? *Pause* Su schlecht is doch kanner, dasser ann sterm läßt, der wou nu lebt.

1. FRAU Iich waaß scho, wer dou derhinter steckt! *Pause.* Mei Schwiechersohn. Der wollt mer dou dermiit ä suern Schreckn eijoong, dassi aff der Stell hii bin. *Pause.* Obber den Gfalln houi imm ned tou. Naa, dem ned!

2. FRAU Des kanni gohr ned glaum, daß des Ihr Schwiechersohn wohr. Su schlecht is doch kanner, dasser ...

1. FRAU *unterbricht* Der scho. *Pause.* Den houi vo Oonfang oo scho ned leidn könner. *Pause.* Und er miich aa ned! *Pause.* Iich hounern blouß ooschauer braung, wäinern mei Renate zum erschdnmall mit hammbracht hout, und scho houi gwißt, wos des fürer unsympathischer Kerl is. *Pause.* Wissens, wemmer blouß des aanziche Kind hout, nou schaut mer scho

ä bißler draff, dassersi ned ins Unglück stürzn tout. *Pause.* Obber dou houi ja soong könner, wossi gwollt hou, mei Renate wohr su vernarrt in den, dassi vollkommen machtlos wohr. Liebe macht ja bekanntlich blind.

2. FRAU Dou kammer halt nix machn. Su is halt.

1. FRAU Obber machn moumer scho wos als Mutter. Dou kammer doch ned einfach zouschauer! Nou bracht mer si hinterher wenigstens kanne Vorwürf machn. Naa, iich hous rechtzeiti gwarnt vuur dem. *Pause.* Nerja, etz is zu spät. Etz mouß halt ausbodn, wos ser si eibrockt hout. *Pause.* Obber eines Toochs sichts bestimt ei, daß aff ihr Mutter hörn hätt solln, obber des hilft derer dann aa nix mehr ...

2. FRAU Joo, joo, su is halt. Wemmer klanne Kinder hout, hout mer klanne Sorng, und wemmer grouße hout, nou hout mer grouße Sorng. Die Sorng hörn halt nie auf ... Iich könnert Innern aa wos derzähln. Iich ...

1. FRAU *läßt sie nicht zu Wort kommen, unterbricht* Es is ja ned su, dassis imm merkn hou loun, dassi ä Abneichung gecher inn hou. Im Geengteil. Iich wohr immer ganz freindli zu imm. Viel zu freindli. Sie wissen ja des, wäis oft su is im Lehm. Mer koo si ja aa manchmall taischn. Manchmall is amm anner aff Oonhieb unsympathisch, der wou in Wirklichkeit gohr ned ohne is.

2. FRAU Iich hou mi in der Hinsicht nanni taischt. Wenn mir anner beim erschtnmall Säing unsympathisch wohr, dann issers meistens aa bliem ...

1. FRAU Nerja, und iich hou mer halt eigredt, daß mei erschter Eindruck vo imm falsch wohr. *Pause.* Und dann houtsn halt gheirert, und dann is lousganger. Dann senns nämli bei mir eizoong, weils nu ka Wohnung ghabt hamm. *Pause.* Des Vertljohr, wou der bei mir gwohnt hout, werri mei Lebtooch ned vergessn! *Pause.* Wäi der sich benommer hout! Wäi wenn iich gohr ned dou gween wär! Wäi ein Stück Dreck hout der miich behandelt! Wäi ein Stück Dreck! Iich mäißert läing, wenni wos anders soochert.

2. FRAU Wos hout denn Ihr Tochter dou derzou gsacht?

1. FRAU Gohr nix. Däi hout doch zu allerm ja und Amen gsacht, wos der gsacht hout. Und wenni wos zu ihr gsacht hou, nou houts mi blouß ausglacht. *Pause.* Ihr Vatter hätt si des garantiert ned bietn loun, wenn der nu glebt hätt. Der hätt den Kerl scho nach zwaa Tooch nausgworfn.

2. FRAU Obber warum hamm denn Sie des ned gmacht?

1. FRAU Weili mei Tochter ned verliern wollt. Iich häng halt ämall an dem Maadler, wemmer blouß die aanziche hout ... Vielleicht sicht sis ja ämall ei, daß ihr Mutter doch reecht ghabt hout! *Pause.* Naa, des is werkli es schlimmste Vertljohr in meim ganz Lehm gween! *Pause.* Iich hou die Höll aff Erdn ghabt! *Pause.* Maaner Sie, der hätt einmall ein freindliches Wort zu mir gsacht? *Pause.* Ned ämall gräißt houter ann, wenner in der Fräih zum Kaffeetrinkn kummer is. Iich bin immer extra ä Stund eher aufgstandn, dassi innern ä Fräihstück machn koo. Ja, und ohmds, wenner ausm Gschäft hammkummer is, houter mi immer su bäis oogschaut, wäi wenner mi jedn Aungblick aus meiner eigner Wohnung nauswerfn hätt wolln.

2. FRAU Vielleicht hamm ser si des blouß eibild.

1. FRAU Iich eibild? Naa, des houi mer ned eibild. Des wohrn Tootsachn. *Pause.* Der hout mi wäi Luft behandelt, obber iich bin ja aa blouß ä Mensch. Iich hou ja aa blouß Nervn. *Pause.* Und wäis dann ä eigner Wohnung ghabt hamm, dann hamm sersi überhapts nimmer gmeldt. *Pause.* Iich hou oorufn könner, wenni gwollt hou, däi wohrn nie derhamm. Und wenns ämall derhamm wohrn, nou wohr er am Apperoot. *Pause.* Iich hou ja ned ämall gwißt, wäis meiner Renate gäiht! Wos maaners, wos iich mir für Sorng um sie gmacht hou!

2. FRAU Des kanni mer vuurstelln. Iich hätt mer an Ihrer Stell ...

1. FRAU *unterbricht* Acht Tooch lang houi gwart, dassersi vo selber rührt. Acht Tooch, dann houis nimmer

ausghaltn, dann binni am Sunndoochohmd einfach ämall zu innern hiiganger, obber maaners, der hätt mi in die Wohnung reigloun? An der Tür houter mi abgferticht.

2. FRAU Des is obber scho unverschämt.

1. FRAU Des is nu gohr nix. Es Schlimmste kummt ja erscht nu: Wissens, wosser gsacht hout, bevuurer mir die Tür vuur der Nosn zoughaut hout: Nach dem Vertljohr, wouer bei mir gwohnt hout, möchter mi ämall ä Johr lang nimmer säing.

2. FRAU Also suwos! Des is doch ...

1. FRAU *unterbricht* Iich möcht blouß wissn, wossi dem tou hou! Iich bin mir keiner Schuld bewußt! Su wohr i dou stäih. *Pause.* Naa, des hätti mer aa ned traimer loun, daß ämall suweit kummt, dassi ned ämall mehr mei eingner Tochter bsoung derf. *Pause.* Inn willi ja gohr ned säing. Blouß mei Maadler.

2. FRAU Obber der kann innern doch ned verbietn, daß ...

1. FRAU *unterbricht* Des houi mer aa gsacht. Und destweeng houi mer denkt: Du moußt einfach ämall mit deiner Renate reden, wenner ned derbei is. Nou houis halt ämall abpaßt, wäis ohmds vom Dr. Wimmer kummer is. *Pause.* Houi Innern des nanni gsacht, daß mei Tochter Arzthelferin is?

2. FRAU Naa, des hamms...

1. FRAU Iich hourer blouß eine Frouch gstallt: Wos hout dei Moo gecher miich? Nou houts blouß gsacht: Des moußt doch selber wissen. Wennst des ned waßt, toust mer leid. *Pause.* Und dann is einfach weiterganger und hout mi mittn aff der Straß stäihloun. *Pause.* Des tout wäih! Wos maaners, wäis mir dou zumute wohr! *Lange Pause.* Und acht Tooch später wohr däi Oonzeich dou in der Zeitung drin! Von Kranzspenden bitten wir abzusehen. *Pause.* Etz houters gschafft! Des wollter ja blouß di ganz Zeit! Etz houters gschafft! Etz houi die längst Zeit ä Tochter ghabt, und die Renate die längst Zeit ä Mutter.

2. FRAU Obber suwos derf mer fei ned soong!

1. FRAU In vier Wochn houi Geburtstooch. Su lang warti nu. Wenn ser si bis douhii ned rührt, dann bringi mi um.
2. FRAU Um Gottswilln, Sie werrn doch ned su bläid saa und destweeng gleich Ihr Lehm wechwerfn!
1. FRAU Iich waaß scho, wossi tou mou.
2. FRAU Sei Lehm derf mer ned einfach wechwerfn. Egohl, wäi schlecht daß am gäiht! Iich ...
1. FRAU *unterbricht* Kanni mei Todesoonzeich widder hoom? *Sie bekommt ihre Anzeige wieder.* Däi werrn vielleicht Aung machn, wenns den gleichn Text nummall lesen ...

*Stehcafé IX*

A Wos kummtn hait ohmd droo?
B Waaßi ned.
A Hoffnli wos Schäins. Wos anders kanni gohr nimmer säing.
B Iich schalt immer um.
C Bin iich frouh, dassi gestern ned in die Pirckheimerstraß ganger bin. Dou hamms ä Frau überfohrn. Des hätt mir ja aa passiern könner.
D Des wohr doch ä Zufall.
C Naa, des wohr ka Zufall. Wenn däi Frau ned in die Pirckheimerstraß ganger wär, leberts vielleicht hait nu.
D Su wäi du.
C Genau.

*Stehcafé X*

A Vuur zeä Johr houts immer suer Sendung gehm, dou hout mer immer alle Lichter ooknipsn mäin, und etz soll mer in Frankfurt oorufn, wemmer glücklich is. Wer waaß, wos denner nu allers eifällt!
B Mit uns könner sis ja machn.

## Besser wäi gohr nix

*Ein MANN mit einem Weihnachtspäckchen.*

Su houi mi scho lang nimmer gfreit. Wenn houin mi eingli es letzte Mall richti gfreit? *Pause.* Neili, wäi i hundert Mark mehr gräicht hout im Mohnert. Des houi noutwendi braung könner. Dou dermiit houi gohr nimmer grechnt ghabt, obber des is mer zougstandn. Ä Lohnerhöhung stäiht amm zou. Däi hamm alle andern aa gräicht. Dou koomer also ned soong, daß mer dou ä richtiche Freid droo hoom derf. Wemmer si richti freit, des is scho wos anders! *Pause.* Ä bißler houi mi scho gfreit, obber suer richtiche Freid wohr des ned. Naa, des kammer ned soong, daß des ä richtiche Freid wohr. Wos isn überhaupts ä richtiche Freid? *Pause.* Dou wachst in der Fräih auf, und freisdi aff dein Kaffee, weilsdi aff den freist, deä wou der inn Kaffee kocht hout. Und nou machter des gohr nix aus, daßd widder in dei Errberrt moußt, weilst waßt, für wen daßd errberrst. Dou gäihst sugohr gern in dei Errberrt, weilst gern widder hammgäihst! *Längere Pause.* Für wen errberrn iich? Wouzou machin des Ganze? Zu wem gäih iich hamm? Zu der Luft! Wemmer als Kinder Versteck gspielt hamm, hammer immer gsacht: »Enne, enne mei: und wen holst du dir als aller-, allerbesten Freund herbei?« Und der vuurletzte hout immer gsacht: »die Luft«, nou hout uns der letzte soung mäin. Iich bin aa immer der vuurletzte! Mir bleibt blouß die Luft, däi woui schnauf! *Pause.* Der vuurletzte, des is sugohr nu zgout für miich! Naa, iich bin der allerletzte, der allerletzte Dreeck, obber etz mou allers anders werrn! *Pause.* Su lang houi mi scho lang nimmer gfreit. *Pause.* Wenn houi mi überhaupts es letzte Mall gfreit? Iich maan richti gfreit? *Pause.* Des mou scho su lang her saa, dassis gohr nimmer waß. *Pause.* Ja, die Kinder, däi freier si nu über jedn Schiiß. Däi hamm halt nu ä Freid. *Pause.* Die Weiber freier si aa, wenns ä neis Klaad gräing. *Pause.* Wäi oft houi dennern scho zougschaut, wenni innerm Kaufhaus wohr. Stundenlang könner däi Klaader ooprobiern. Und nou stenners vuurm Späigl und dräiher si hii und her, odder sie zupfm am Klaad rum, bis paßt. *Er steht auf, versucht die Gesten, die Frauen beim Anprobieren machen, nachzuahmen.* Wenn iich des aa su machert, lachert ä jeder über miich und soochert: schaut ner den dou oo, des is doch ä Warmer! Joo, die Weiber, däi könner si wenigstens nu freier. Wenni manchmall su zouhorch im Gschäft, über wos die Lehrmaadler su redn: Du, hast scho mein neier Nogellack gsäing? Wou hastn den her? Den moui aa ämall probiern. Maanst, mir steht däi Farb aa? Joo, du bist ä dunkler Typ, des paßt genau zu deim Hoor. *Pause.* Ein Hii und Her hamm der däi, über wos und nix. *Pause.* Wenn mir über des redn tätn, wos mer allers oozäing! Naa, bei uns gäiht des ned: Ä Moo derf dou droo ka Freid ned hoom, sunst isser ka richticher Moo! *Pause.* Die Ausländer, däi wou bei uns errberrn, däi freier si aa über allers und nix. *Er fuchtelt mit den Armen herum.* Däi fuchteln mit ihre Arm rum, daßd maanst, däi schnappn jeden Augnblick über. *Pause.* Ja, wäi i klaa wohr. *Er setzt sich wieder.* Dou wohr des aa nu wos anders, dou hasti über allers gfreit, wos gräicht hast. Wenn di der Lehrer in der Schul globt hout, wohrst ganz stolz. *Pause.* Ja, wemmer klaa is, is des freili wos anders. Dou freisti über jeds Dreckler. Wäi hou iich miich dou aff Weihnachtn gfreit! Ä suern Adventskalender hammer gräicht. Dou hast jedn Tooch blouß ä suer Fensterler aufmachn derfn. Amall, des waaßi nu ganz genau, houi ann gräicht, dou wohr in jedm Fensterler ä Stückerler Schokerlood drinner. Jedn Tooch houi mei Oma gfroucht, obbi ned widder ä suer Fensterler aufmachn derf. Mei Mutter houi ja ned froung könner, däi hout immer ka Zeit für miich ghabt. Wennst denkst: Ä suer Adventskalender, des wohr blouß ä Fetzler Papier, nix weiter, und trotzdem hammer ä Mordstrumm Freid droo ghabt. Manchmall houis gohr nimmer derwartn könner, nou houi gleich Stückers vier, fünf Fensterler aff amall aufgmacht und heimlich neigspitzt. Nou houi anns offngloun und die andern schleinigst widder zoudrückt, sunst hättens gscheit gschimpft, wenns des gsäing hättn. *Pause.* Wäi hout mer si dou aff Weihnachtn gfreit! Und nou hout mer blouß des gräicht, wos mer suwisu braucht hout: enn neier Pullover fürn Winter, selbergstrickte Strümpf vo meiner Oma, Unterwäsch. Joo, ä neie Unterwäsch hout mer jeds Johr an Weihnachtn gräicht und am Geburtstooch aa. Es beste wohr nu däi Tofel Schokerlood, däi wou immer derbei wohr. *Pause.* Iich wissert ned, wenn iich an Weihnachtn mall suwos gräicht hätt, wos die Kinder haitzertooch su gräing! Ä Spielzeich, dou derfür hamm mei Lait ka Geld ned ausgehm, dou wohr innern ihr Geld zu schood derfür. Amall, dou houi vo emm Nachbarn ä suern Panzer gräicht, wou vorn su Funkn rauskummer senn. Dou houi die ganz Weihnachtn dermiit gspielt, bis meim Vatter zu bläid worrn is, und nou houter mern einfach wechgnummer. Des vergeß imm hait nu ned! Der hout überhaupts ned säing könner, wenn iich gspielt hou. Wos brachstn du spieln, houter gsacht. Iich hou aa ned spieln derfn. *Er imitiert seinen Vater.* In deim Alter hou iich scho affn Bauernhuuf vo meim Vatter miiterrberrn mäin. Mir hamm ka Zeit zum Spieln ned ghabt und trotzdem semmer groußworrn. *Pause.* Naa, mei Vatter hout des ned säing könner, wenni mi ämall ä bißler an wos gfreit hou. *Pause.* Amall houi enn Fröschler gfanger. Den houi in ä Einmachgloos nei. Wos willstn dou herin in der Wohnung mit dem greißlichn Viech, hout mei Mutter gsacht, wart ner, wenn dei Vatter hait ohmd vo der Errberrt hammkummt! Dou houinn im Gartn versteckt und blouß nu draußn mit imm gspielt. Ohmds, wäi mer gessn hamm, moui des überhört hoom, daß mei mei Mutter gschrier hout. Viecher houi immer gern ghabt, aa hait nu, obber dou herin koo mer si ja kann Hund ned haltn. Jedenfalls is nou mei Vatter in Gartn nausgrumplt und hout mi dou derbei derwischt, wäi i mit meim Fröschler gspielt hou. Vuur lauter Wout houter überhaupts nix gsacht, der hout blouß des Gloos packt und an die Wänd prellt, des Fröschler is dävoogloffn. Dou isserm nouch und houtn mit seine Stiefel zertretn! Iich hou Ruutz und Wasser grinner. Dou hout er mi dann erscht recht tüchti ausghaut. Und weili su grinner hou, dassers hiigmacht hout, mei Fröschler, Fritzler houin tauft ghabt, houi gleich ohne wos zessn ins Bett gmäißt. *Pause.* Naa, ä Freid hout unseranner ned hoom derfm! Däi hamms ann glei austriebm. *Pause.* Recht hamms scho ghabt, sunst hätt mer ja es Errberrn nie im Lehm glernt, obber su streng hättens trotzdem ned saa mäin. Allers, wos wohr is! *Pause.* Wenni siich, wos die Kinder haitzertooch allers tou derfm. *Pause.* Nerja, manches gäiht scho zu weit! Mer derf si ja ned vo die Kinder vuurschreim loun, wos mer tou soll! Neili hout anner in der Errberrt derzählt, dou is ä Kind zu em Fremdn in der Straßnbohn ganger und houtn es Oärschleckn oobotn, dou hout der natürli dumm gschaut und sich bei der Mutter beschwert, obber däi hout blouß gsacht, mei Kind is antiautoritär erzogn, nou mou ä andrer Fohrgast aufgstandn saa, der hout dem Kind anne runterghaut und gsacht, iich bin aa antiautoritär erzogn, iich hounern etz anne runterhauer mäin! Iich waaß natürli ned, ob des werkli wohr is, wos der derzählt hout, obber enn Respekt mäin die Kinder scho vuur ihre Eltern hoom, sunst taucht däi ganze Wohr nix, obber su, wäis miich aufzogn hamm, is des erscht recht nix! *Pause.* Mei Vatter hout mi manchesmall windelwaach gschloong. »Ba dir is ka Schlooch zviel«, houter dann immer gsacht. Mei Mutter hout blouß zu meim Vatter soong braung: »Hait houter mer widder ämall gohr ned gfolcht«, und nou houi scho anner in der Waffl drinnerghabt! Iich hou nern obber jedsmall selber derzähln mäin, wossi oogstellt hou! Meistens houi scho grinner, wenner hammkummer is, dou isser dann erscht recht fuchsteifelswild worrn! »Iich kumm vo der Errberrt hamm, und du stäihst mer dou im Wech und machst ä Gschrei wäi ä Zohbrecher!« Und scho houi widder anne drinnerghabt! Blouß affn Kupf houter mi ned hauer derfm, dou is dann mei Mutter derzwischnganger. »Affn Kupf haust mern ned, den Boum«, houts immer gsacht. Je nachdem, wossi oogstellt hou, houi entweder blouß ä Schelln, ä Watschn gräicht odder gleich überglechte. Wenni glogn hou, houts immer glei überglechte gehm. Dou houi die Husn runterzäing mäin, und nou isser mitm sponischn Rohr kummer und hinterher hast glei ins Bett gmäißt. Aff emm Stoll houi dou suwisu nimmer hockn könner. Mei Mutter wohr aa ned besser wäi mei Vatter. Über gstormne soll mer zwohr nix Bäis soong, obber iich wissert nix Gouts, wossi über mei Lait soong könnert. *Pause.* Mei Mutter hout mi immer in Keller gsperrt: »Wart ner«, houts gsacht, »etz kummst widder zu die Ratzn!« Iich hou vielleicht Ängstn ausgstandn. Aa im spätern Lehm houi mi nu lang vuur der Finstern gforchtn! Des hout lang dauert, bis des vorbei wohr. Vuur meim Fenster, wou mei Kinderbett gstandn is, hamm immer die Katzn bamm Rammeln gschrieer! Iich hou immer gmaant, des senn klanne Kinder, wou sterm! *Pause.* Iich möcht blouß wissn, wou däi Angst herkummt, däi wou in mir drinner is. Däi vergäiht und vergäiht einfach ned! Hait wachi aa nu manchersmall patschertnooß auf, und jedsmall is derselbe Traum: Iich hock in der Boodwanner mit lauter klanne Kinder. Und wenni gnauch hiischau, siichi, daß tout senn. Wos des bedaitn soll, möcherti aa ämall wissn! Naa, iich hou nix Gouts ghabt in meiner Kindheit. Blouß mei Oma hout zu mir gholfn. Aff däi loui hait nu nix kummer! Iich hou blouß kummer derfn, und nou houts mi gfroucht: »Brachst ä Zehnerler, Bou?« Für ä Zehnerler houi mer immer enn suern stinkertn gfärbtn Kaugummi kafft, dou wohrn immer su Karl-May-Bilder drinner: Winnetou, Old Shatterhand odder wäi hout der widder ghaaßn: der Kara Ben Nemsi. Erscht wäi i dann in die Lehr ganger bin, houi mer däi Karl-May-Bäicher in der Werksbücherei ausglieher! Des wohrn mit die schönstn Stunden vo meim Lehm. Iich hou allers um miich rum vergessn. Iich wollt, des gängert hait aa nu. Einfach ä Bouch lesn, ach wos, lesn is viel zu weng, iich hous gfressn, die Bäicher, und derbei allers um miich rum vergessn! Allers um ann rum vergessn, des is ä schäins Gfühl! Dou kammer es Lehm widder aushaltn! *Pause.* Iich hock dou und red und red, und dabei kannis gohr nimmer derwaddn, bisser di auspack, obber bevuuri di auspack, moui mer erscht nu enn Noomer für diich überleeng. *Pause.* Anna, su hout mei Mutter ghaaßn, naa, der Noomer is nix für diich, su wäi mei Mutter sollst du ned haaßn! Wäi gsacht, mer soll ja nix Bäis über Toute soong, obber mei Mutter, däi hout mi ned leidn könner, däi hout mei andern Gschwister viel läiber ghabt wäi miich. Iich wohr ja aa der erscht, destweeng houts ja aa heiretn mäin. Ä halbs Johr solli sugohr unehelich gween saa, nou hout mei Vatter erscht mei Mutter gheirert! Naa, Anna werst ned tauft, dou moui blouß an mei Mutter denkn. Wäi wärsn mit Erika? Des is aa ä schäiner Noomer. Ä Erika houi aa ämall kennt vuur zeä Johr. Du moußt scho entschuldichn, dassi dir des allers derzähl, obber du sollst ja aa wissn, mid wemsders zu tou hast. Die Erika wohr ä saubers Ding. Däi hout bei uns im Gschäft gerrberrt. Wäi i ämall in der Kantiner wohr bamm Essn, is vis-a-vis vo mir ghockt, und iich hous fort blouß immer oogschaut. Dou houts mi gfroucht, warumis su ooschau. Im erschtn Aungblick houi gohr nix soong könner. Iich mou ganz rout worrn saa. Dou houts gsacht »Ooschauer kost ja nix. Destweeng brauchst doch ned glei rout werrn.« Däi hout glei »du« gsacht. Des wohr vielleicht ä lustichs Dingerler. Ä schäins Gsichtler houts ghabt, ganz fein und zierlich wohrs. Immer zum Lachn aufglecht. Es schönst wohrn ihre Aung. Däi senn immer hii und her ganger, wäi wenns nix übersäing hout wolln. Wäi ä Puppm is mer däi vuurkummer, sä suer Puppm aus Porzellan, däi wou bei uns im Wohnzimmerbüffet gstandn is. Des wohr ä suer Tanzpuppm, däi hamm mei Lait ämall innerer suer Glücksbuudn gwunner. Ä schäins Dingerler wohrs, die Erika! Joo, lang houts ned dauert, und nou hammer uns verabredt und senn annerm Samstooch ins Kino ganger. Iich waaß nu ganz genausu wäi hait, wos für ä Klaad daß ooghabt hout an dem Tooch. Des wohr ä suer heißer Tooch im Juli. Blout und Wasser houi gschwitzt in meim Oonzüchler, dou hasters in der Sunner gohr nimmer ausghaltn, obber der hout des scheinbor gohr nix ausgmacht: Ä weiß Klaad houts ooghabt mit su route Punkt draff. Ä Hochfrisur hout sersi extra machn loun, wäis domols modern wohrn. Und in ihre Schouh mit su houche Pfennigabsätz houts nu ned gscheit laafm können. Vuurm Kino is stäihbliem, hout enn Schouh runter, weils ä Staaler drinnerghabt hout. Ihr Klaad wohr ä bißler ausgschnittn. Wäi sersi buckt hout, houi ihr Brust gsäing. Wäi zwaa su rosa Pfirsich hout däi ausgschaut. Am läibstn hätti neiglangt in ihrn Ausschnitt, obber des wär ja ned ganger aff der Straß. In meiner Phantasie houi allers mit ihr fertibracht, obber wäis widder vuur mir gstandn is in Fleisch und Blout, houi mi des ned traut. Iich hous fort blouß oogschaut, sunst nix! Wäi es Kino gohr wohr – iich waaß gohr nimmer, wos des für ä Film wohr –, semmer inner Café ganger. Und am Ohmd houis widder hammbracht. Vuur der Tür houts mi su oogschaut, wäi wenns enn Kuß wollert, obber iich houerer blouß die Händ gehm können und »ade« gsacht. Ä pohrmall hammer uns nu troffm. Amall houts gsacht, iich soll doch zu ihr kummer. Ihre Altn senn ned derhamm. Iich hou mi gscheit gfreit. Enn Blummerstrauß houi kafft. Nelkn wohrns, obber vuur ihrer Haustür binni widder umkehrt. Iich hous ned fertibracht, dassi zu ihr bin. *Fängt an weinerlich zu werden.* Immer, wemmer ä Madler gfalln hout, houi solche Hemmunger gräicht, dassi sofort enn Rückzieher gmacht hou. Iich waaß ned, wouher des kummt. *Pause.* Des is mer oft gnouch passiert in meim Lehm. Iich bin ä Versacher, ä Blindgänger. *Pause.* Wäi i jünger wohr, houi nu dergeeng ookämpft, obber mit der Zeit houi mein ganzn Mout verlorn. Die oonständichn Madler senn alle verheirert in meim Alter und ä übrichbliemer moochi ned. *Pause.* Ned ämall ins Puff houi mi zerscht traut, obber nou houi ämall ä pohr Schnäpsler trunkn, und nou wohr des gohr nimmer su schlimm, und mit der Zeit houi mi ans Puff gwöhnt. *Pause.* Wäi oft bin iich durchs Puff gloffm, bevuuri mi traut hou! Iich hou däi Hurn gohr ned ooschauer können. Däi hamm su grouße

Aung ghabt. Wenn miich däi oogschaut hamm, is mer des durch und durch ganger. Wäi nackert binni vuur dennern gstandn! Für däi wohr ka Geheimnis mehr an mir. Däi hamm gsäing, wossi für ä Versacher bin. Des mouß si anner ämall vuurstelln: Iich hou ned blouß Angst vuur die oonständichn Madler ghabt, iich hou mi sugohr vuur die Hurn gforchtn! Däi Angst bleibt mer, däi bringi nimmer raus! *Pause.* Wenns ner dou dergeeng Tablettn gebert. Amall mäins doch wos erfindn, daß däi Angst aufhört! *Pause.* Die Menschn könner ja ned ewich Angst hoom! Im bsuffner Zustand is grood nu ganger ba die Hurn, obber des senn ja ka Weiber, des senn ja blouß Schnalln. Obber wenni dann hammkummer bin, nou wohri widder allaans mit mir und mit meim Elend. *Pause.* Etz waßt, dassi frouh bin, dassi di hou. *Pause.* Wäi oft hou iich scho vuur miich hiigrinner, wenni su allaans vuurm Fernseher hock und däi schäiner Madler su siich, wous aff der Welt gibt. Obber greiner allaans nutzt nix. Mer mou wos dergeeng tou, obber dou derzou binni zbläid. *Pause.* Manchmall binni su ins Spinner kummer. Dou houi es Sinniern oogfangt. Iich hou mer denkt: Ämall gäiht die Tür auf und nou stäiht ä Madler vuur der Tür, und nou is allers gout. Allers is mer nou wäi in suerm Film vuurkummer, wous nouch zwanzg Johr erscht zamkummer und die wohre Liebe derlehm! *Pause.* Obber warum derzählin dir des allers? Vielleicht willsters gohr ned wissn? *Pause.* Iich schmarr dou in anner Tour. Derbei hast ja nu gohr kann Noomer: Wäi wärsn mit Margot? *Pause.* Des is aa nix. In der Zeitung stenner doch immer su Heirertsoonzeing drinner. Däi houi jede Wochn am Samstooch glesn. Amall wohr dringstandn: »Junges Mädel sucht einen Herrn, der es ehrlich mit mir meint. Zuschrift nur mit Bild.« Dou houi dann hiigschriem. Postwendend is ä Bräif vo ihr zrückkummer, und dou hout si rausgstellt, daß dreierzwanzg Johr is und Margot haßt. Außerdem houts gschriem, daß querschnittsglähmt is und innerm Rollstuhl hockn mou. Dou houi dann gohr nimmer erscht gschriem. Wos soll nern iich mit emm Krüppl? Woui mit mir selber ned ferti werr! *Pause.* Manchmall soong die Lait, wenns Liebeskummer hamm, daß in innern ä Welt zambrochn is, obber in mir is gohr nix drin, des wou zambrechn koo. Iich bin innerlich ganz leer, drum kanni aa kamm wos gehm. Iich bin su leer, wäi a suer Aamer, wou der Buudn ä Mordstrumm Luuch hout! *Pause.* Obber, etz waaßi enn Noomer für diich: Elfriede! Iich kenn ka Frau ned, wou Elfriede haßt. Iich glaub, der Noomer paßt gout zu dir, Elfriede. *Pause.* Waßt, in Wirklichkeit machi mer eingli gohr ned viel aus die Weiber. Es ghäierd halt äsu derzou. In Wirklichkeit is mer ä gouter Freind läiber. Mit emm goutn Freind kannst über allers plaudern. Des is bei die Weiber anders. Mer koo doch ä Frau ned allers derzähln. Außerdem intressiert si ä Frau ned immer für des, woufür mir Männer uns intressiern tenner. Es gibt nix gecher enn goutn Freind. Des is es Wichtichste im Lehm. Wäiviel hamm suern goutn Freind und senn trotzdem verheirert! Iich hous ned ämall zu emm goutn Freind bracht. Ja, wäi i achtzeä wohr, dou houi scho enn Freind ghabt, dou semmer immer all zwaa ins Wertshaus ganger, aff Tanzn und ins Kino und wos mer halt in dem Alter su gmacht hout! Obber lang houts ned dauert, und er hout gheiret. Seitdem schreim mer uns grood nu an Weihnachtn. Obber heier houi ned ämall ä Kartn vo imm gräicht. Kooster des vuurstelln? Heier houi ned ämall ä aanziche Weihnachtskartn gräicht! Iich mooch aa nimmer schreim. Wenn si kanner um miich kümmern mooch, moochi aa nimmer! Iich laaf kamm hinterher. Iich hou aa mein Stolz. Iich hou mei Drauskummerts. Iich brach vo kamm nix. Iich verdäin scho mei Geld. Iich koo mer scho wos leistn. Naa, iich laaf kamm nouch. Dou hätti wos zum tou! *Entferntes Geräusch einer Sirene.* Häierst des? Dou fohrns scho widder ann ins Kranknhaus, und des am Heilichn Ohmd. *Pause.* Iich sooch mer halt, es gibt gnouch Lait, dennern wous schlechter gäiht wäi mir, dou merki erscht widder, wäi gout daß mer gäiht. Iich könnert etz aa in suerm Kranknwoong lieng. *Pause.* Manchmall houi mer scho denkt, für wen errberr iich denn überhaupts? Jedn Tooch ummer sechser aufsteh und um fünfer hammkummer, und kanner wart aff ann. Des is doch ka Lehm ned. Dou houi mer scho manchersmall denkt, obs ned es gscheitste wär, wenni mi einfach wechrammert! *Pause.* Aufhänger, des wär ned in Frouch kummer, weil dou ghäierd aa ä Mout derzou. Die Pulsoodern aufschneidn, des hätti aa ned ferti bracht, woui ka Blout ned säing koo. Es aanziche, wossi fertibringert, is Schlouftablettn fressn! Ä suer Räiherler mäißerd langer, obber irchendwos hout mi zrückghaltn. Iich waaß ned, wos des wohr. Scheinbor wohr es Lehm in mir doch stärker! *Pause.* Naa, su schnell geb iich ned auf. Sulang mer ä Hoffnung hout, soll mer ned aufgehm! *Pause.* Obber an Weihnachtn soll mer über suwos ned plaudern. *Pause.* Iich mach ämall in Roodio auf. Irchendwou mou doch ä Weihnachtsmusik drookummer! *Er steht auf, schaltet das Radio an: Glockenläuten etc. Die Übertragung einer Andacht ist beendet.* So, etz moui di obber auspackn. Etz koois nimmer derwartn! Halt, erscht moui nu schnell däi Flaschn Sekt hulln, dassi di aa richti taufn koo. *Er verläßt das Zimmer unter den Klängen von Weihnachtsmusik, kommt nach kurzer Zeit wieder zurück mit einer Flasche Sekt und zwei Gläsern.* Der wohr fei gohr ned billi, der Sekt! Für diich kaafi ka Sonderangebote! Für diich kaafi es Best! *Er öffnet die Flasche.* Wenn hounern iich zum letztnmall enn Sekt aufgmacht? Daß iich des überhaupts nu koo? *Knall.* Des mou freili ä gouter saa, die Flaschn is ned ämall übergloffm! *Er schenkt ein.* So, und etz werst auspackt, mei Engeller, mei Rauschgoldengeller! Iich bin scho gspannt, obst äsu ausschaust wäi aff dem Prospekt. Wos wohr dou draffgstandn: »Die diskrete Sexpuppe!« *Er öffnet die Schachtel. Es dauert alles sehr lange. Er liest erst einmal die Gebrauchsanweisung durch.* Dou kummt mer ja direkt ins Schwitzn, und des am Heilichn Ohmd. *Er hat die Plastikhaut der Sexpuppe in der Hand.* So, und etz moui di blouß nu aufblousn. Dou is ja nu suer Zetterler. Wos stäihtn dou draff? »Mit ihr sind Sie nie mehr allein!« Woll mers hoffn. *Er bläst die Puppe auf.* So, etz is suweit. Etz hast dei volle Lehmsgröße. Iich tät soong: 1,60. Langt ja aa für ä Frau. So, hock di scho mall in den Sessl dou. *Er drückt sie in den Sessel gegenüber.* Etz moui blouß nu schnell die leere Schachtel naustroong, daß mers schäi gemütlich hamm. *Er verläßt den Raum kurz, kommt zurück, nimmt sein Sektglas, träufelt etwas Sekt auf die Puppe.* Prost, Elfriede, etz houi di tauft. Su schäi houi mer des eingli gohr ned vuurgstellt. *Er trinkt.* Der is gout, der Sekt. Trink fei gscheit. *Er trinkt erst sein Glas leer, dann das der Puppe.* Wart, ä pohr Plätzler und Lebkoung hätti aa dou. *Pause. Er bietet ihr Weihnachtsgebäck an.* So, glei schenki nummall enn Sekt ei, sulang er kalt is. *Er gießt wieder ein.* Des is fei schäi, daßd etz bei mir bist, Elfriede. *Pause.* Etz derzähli der nu ä weng wos aus meim Lehm. Du sollst ja aa wissn, mit wem daß ders zu tou hast. *Pause.* Su houi mi scho lang nimmer gfreit. Wenn houin mi eingli es letzte Mall richti gfreit? *Pause.* Neili, wäi i hundert Mark mehr gräicht hou im Mohnert. Des houi noutwendi braung könner. Dou dermiit houi gohr nimmer grechnt ghabt, obber des is mer zougstandn. Ä Lohnerhöhung stäiht amm zou. Däi hamm alle andern aa gräicht. Dou koomer also ned soong, daß mer dou ä richtiche Freid droo hoom derf. Wemmer si richti freit, des is scho wos anders! *Pause.* Ä bißler houi mi scho gfreit, obber suer richtiche Freid wohr des ned. Naa, des kammer ned soong, daß des ä richtiche Freid wohr. Wos isn überhaupts ä richtiche Freid? *Pause.* Dou wachst in der Fräih auf, und freisdi aff dein Kaffee, weilsdi aff den freist, deä wou der inn Kaffee kocht hout. Und nou machter des gohr nix aus, daßd widder in dei Errberrt moußt, weilst waßt, für wen daßd errberrst. Dou gäihst sugohr gern in dei Errberrt, weilst gern widder hammgäihst! *Längere Pause.* Für wen errberrn iich? Wouzou machin des Ganze? Zu wem gäih iich hamm? Zu der Luft! Wemmer als Kinder Versteck gspielt hamm, hammer immer gsacht: »Enne, enne mei: und wen holst du dir als aller-, allerbesten Freund herbei?« Und der vuurletzte hout immer gsacht: »die Luft«. Nerja »Luft« is besser wäi gohr nix.

## Bedenkzeit

*Vor der Haustür eines anonymen Apartment-Hochhauses. Großes Klingelbrett. Ein MANN, Mitte 30, tritt auf, schellt wie verrückt und brüllt in die Sprechanlage, die vielleicht ab und zu mal ein Knacken von sich gibt, mehr aber nicht.*

MANN Iich hou die ganze Nacht ka Auch zoudrückt.
Mach auf, Sonja, iich bins.
Du brauchst ka Angst hoom. Iich bins blouß.
Iich bin die ganze Nacht in der Stadt rumglaufm.
Mach bitte auf, Sonja, miich frierts.
Wos maanstn, wäi kalt daß hait nacht wohr?
Und iich Depp hou ned ämall enn Mantl ooghabt!
Däi Kält gäiht durch und durch.
Sonja, mach halt auf!
Kumm, sei doch ned äsu. Des kannst doch ned machn.
Iich waaß genau, daß du derhamm bist.
Waßt, wos iich hait nacht gmacht hou,
wäi i in der Stadt rumglaufm bin?
Iich houmer allers numall durchn Kupf gäih loun,
wos du gestern zu mir gsacht hast,
wäi mer mitnander telefoniert hamm.
Iich gebs ja zou, dassi vielleicht wos falsch gmacht hou,
wenni aa bis etz nanni waaß, wos des wohr,
obber du kannst doch ned einfach mir nix dir nix ...
Iich bin aa blouß ä Mensch, Sonja.
Iich verstäih blouß ned,
warums der des ned scho früher überlecht hast!
Des will einfach ned in mein Kupf nei!
Es wohr doch scho allers ausgmacht.
Iich mach ä Wett, wennst mir dou derbei in die Aung gschaut häst,
häst des ned gsacht, wosd am Telefon gsacht hast.
Mach bitte endlich auf, Sonja.
Du machst enn groußen Fehler, wennst ned aufmachst.
Inn gräißten Fehler deines Lebens.
Du kannst doch etz aff amall ned äsu tou,

wäi wenn nix zwischer uns gween wär.
Es wohr doch scho allers su gout wäi ausgmacht.
Ä Vertljohr nu und dann...
Wenn wos ausgmacht is, moumer si aa droo haltn.
Iich houmi drooghaltn. Iich scho.
Und etz stäih i aff amall saudumm dou,
blouß weilsters du gestern anders überlecht hast.
*Pause.*
Wos machinn etz blouß mit derer Scheiß-Wohnung?
Haster des scho ämall überlecht, Sonja?
In sechs Wochn moui däi Wohnung übernehmer.
Des wohr su ausgmacht, weils aff mein Noomer gäiht.
Däi Wohnung is ja viel zu grouß für miich.
Wos soll iich denn allaans in suer groußn Wohnung?
Wer wollt denn däi Wohnung hoom?
Iich ned. Du.
Erscht braung mer ä Wohnung, hast gsacht, und dann ...
Etz stäihi dou.
Der Makler verlangt zwaa Monatsmietn.
Des senn allaans scho fuchzeähundert Mark.
Iich kann mer doch ned einfach fuchzeähundert Mark aus die Rippn schneidn?
Scho allaans wecher der Wohnung gäiht des ned,
daß du mit mir Schluß machst.
Und dann nu däi ganzn Möbl,
woumer bstellt hamm!
In siebm Wochn werrns gliefert.
Däi stenner fei immer nu im Schaufenster, unsre Möbl!
Iich houmers gestern nacht numall oogschaut,
wäi i durch die Stadt glaufm bin.
Wos maanst, wäi schäi däi erscht
in unserer neier Wohnung ausschauertn!
Dou häst dei Freid droo, wousters selber ausgsoucht hast.
Obber etz willst ja nix mehr dervoo wissn.
Am bestn is, iich hack däi ganzn Möbl zu Brennholz
und zünds oo. Schood derfür.
Willsters ned numall mit mir probiern?
Du könntst mer ja soong, wossi falsch gmacht hou,

und dann machis nimmer.
Iich bin ja aa blouß ä Mensch.
Meinertweeng könner mer ja su lang wartn,
bis mer däi Wohnung gräing.
Is des nix? Ä Vertljohr hast Bedenkzeit.
Und dann zäing mer einfach zamm.
Wos maanst, wäi des is,
wenn mer erscht ämall zammlehm?
Dann bringt uns nix mehr ausernander.
*Pause.*
Kennst des Lied nu?
*Er fängt an, das Lied »So bist du!« von Peter Maffay zu singen:*
»Wenn du gehst,
dann geht nur ein Teil von dir ...« usw.
Mach halt auf, Sonja.
Mir mäin des doch besprechn mit derer Bedenkzeit.
Vergeß mer einfach, wost gestern gsacht hast.
Ä Vertljohr is ja ned lang.
Und dann ...
Du werst scho säing, wäi schäi des werd, wemmer ...
Suer schäiner Wohnung hout ned ä jeder.
Iich find des ned gout, wos du dou machst.
Du kannst doch ned einfach su dou,
wäi wenns miich ned gebert!
Iich kann aa andre Saitn aufzäing,
wennst mi ned sofort reiläßt.
Mach auf, bevuuri ...
Du sollst aufmachn.
Iich verlang, daßd aufmachst.
Du waßt genau, dassi des verlanger koo.
Iich hou es Reecht derzou,
woumer su lang mitnander gänger.
Sonja, iich gäih etz,
wennst ned aufmachst,
iich gäih fei.
Und dann kummi bestimmt nimmer.
Dou kannsti draff verlassn,
dassi dann nimmer kumm.

Du machst enn groußen Fehler, Sonja,
mehr moochi gohr nimmer soong.
Inn gräißten Fehler deines Lebens.
Wäi kammer blouß su dumm saa, Sonja.
Des kannst nimmer rückgängi machn,
wos dou machst.
So, etz werds mer langsam zu bläid!
Iich red und red und du ...
Waßt, wossi etz mach?
Iich zäich etz andre Saitn auf.
Obber dou bist ja selber schuld droo!
Su weit hätts erscht gohr ned kummer braung!
Obber du zwingst mi derzou.
Waßt, wossi etz mach?
*Er nimmt ein Foto von ihr aus seiner Brieftasche.*
Iich zünd dei Foto oo.
*Er zündet es mit einem Feuerzeug an. Es brennt.*
Etz werd bald nix mehr vo deim Gsicht dou saa.
Deine Aung brenner aa scho.
So, des wohrs.
Schluß, aus, Ende.
Obber des wohr erscht der Oonfang.
Iich zünd allers oo,
allers, wos mit dir zu tou hout,
dei neier Möbl,
es Haus vo deine Eltern,
den Wald, woumer zum erschtnmall ...
Iich zünd allers oo.
Und du bist schuld droo!
Allers mou brenner,
mou su lang brenner,
bist widder zu mir zrückkummst.
*Pause.*
Mach halt auf, Sonja.

## Die Zwerge

*Auf der Bühne ein Regal mit Gartenzwergen. Ein MANN, Mitte vierzig, kommt ins Zimmer, nimmt einen Zwerg aus dem Regal und redet ihn an.*

MANN Unser Frauler is abghaut! Unser Frauler is abghaut! Wos sachstn dou derzou, Fritz? Unser Frauler is abghaut. Waßt, wos des bedait? Däi kummt nimmer. Däi hammer gsäing. Gsacht hout sies ja oondauernd, daß abhaut, obber wer hätt denn denkt, daß sies aa werkli macht? Gell, des hättst der ned denkt? Iich waaß ned ämall, wous hii is. Däi hout doch kann, wous hii kann! In letzter Zeit hammer blouß nu gstrittn. An wos anders kanni mi gohr nimmer erinnern. Jedn Tooch hammer uns gstrittn. Jedn Tooch is des su zouganger. Däi hout überhaupts ka gouts Hoor mehr an mir gloun.Wohr däi bäis zu mir! Entweder dei Zwerch odder iich, houts gsacht. Entweder ihr odder sie!Wos däi blouß gwollt hout! Iich hou doch gohr nix gecher sie ghabt. Und ihr aa ned ... Wenns nach derer ihrm Kupf ganger wär, hätti eich alle widder verkaufm mäin. Däi hout mer gohr nix gönnt! Andre Männer denner Bräifmarkn sammeln odder Münzn odder wos waaß iich ... Es gibt nix, wos ned gsammelt werd. Wos is denn scho derbei, wenn iich Zwerch sammeln tou? Es is doch egohl, wos mer sammelt. Hauptsach, mer hout sei Freid droo! Däi hout mer gohr nix gönnt! Iich hätt ja aa nix gsacht, wenn sie wos gsammelt hätt! Wecher mir hätts meinertweeng ausgstopfte Viecher sammeln könner odder Oraschnpapierler ... Mir wär des egohl gween. Hauptsach, sie hout ihr Freid droo! Iich hätt scho ä Verständnis derfür ghabt. Obber däi hout doch ned ämall säing könner, wenni eich mit Öl eigriem hou, dasser aa schäi glänzn tät!
Derbei is ja selber schuld, dassi eich sammeln tou. Diich houts mer ja schließlich vuur drei Johr aus Itoolien mitbracht, wäis mit ihre Eltern in Rimini wohr. Joo, du bist aus Itoolien. Und weilst mer su arch gfalln hast,

houi der glei ä pohr Kumpl kauft, daßd ned su allaans bist, weil des is aa nix, wemmer blouß ann Zwerch hout. Und dann is lousganger.
Dann houi mit meiner Sammlerei oogfangt.
Zerscht houts gohr nix dergeeng gsacht.
Obber dann is ka Tooch verganger, wous ned gmeckert hout. Und etz is abghaut.
Maanst, däi kummt widder? Iich glaubs ned.
Däi braucht si aa gohr nimmer blickn loun. Meinertweeng kanns bleim, wou der Pfeffer wächst.Wos houin scho vo derer Ehe ghabt? Nix. Rein gohr nix. Wossi aa gmacht hou, mei Frau hout immer allers besser gewißt. Derbei hätts frouh saa könner, daß ned errberrn mou. Andere Weiber mäin aa erberrn. Däi hout doch ba mir es schönste Lehm ghabt. Amall im Johr is mit mir in Urlaub gfohrn. Amall mit ihre Eltern. Däi hout si ned beschwern könner. Iich rauch ned. Iich trink ned.
Iich hou aa sunst ka Laster. Iich bin nie fremdganger. Iich hou blouß in ganzn Tooch gerrberrt. Derbei is mei Errberrt gohr ned su leicht. Wer machtn hait nu enn Vertreter für Staubsaucher, wou jeder längst enn Staubsaucher derhamm hout?
Ob däi widder suern Deppm find, der wou blouß für sie errberrn tout? Gwiiß ned!
Die andern Männer senn bestimmt ned su bläid! Paß auf, Fritz, däi läßt si etz aa nu scheidn. Iich hou nix dergeeng. Soll sersi scheidn loun! Iich waaß scho, wäi des ausgäiht. Däi braucht doch blouß soong, daß iich diich immer ins Bett mitgnummer hou! Und scho semmer gschiedn!
Weil des verstäiht doch kanner, daß iich diich immer ins Bett mitgnummer hou, gell, Fritz? Dou haßts doch glei, der hout nimmer alle beinander, der spinnt scho mit seine Zwerch! Obber des kann uns ja worsch saa. Däi wohr manchmall richti eifersüchti auf eich. Däi hout eich überhaupts ned säing könner. Obber etz habters lous. Etz kanns eich nix mehr tou. Wenni überlech, wäi gemein däi zu eich wohr ... Wenn iich ned gween wär, hätts eich längst alle mitnander hiigmacht! Alle mitnander, wäier dou seid!

Wemmers in ganzn Tooch mit die Lait zu tou hout, nou will mer aa amall sein Rouh houm, nou will mer kann Menschn mehr säing. Des is dann die schönste Entspannung für miich, wenni mi hiihock und eich ooschau ... Es gibt nix Schönners, wäi wenni eich blouß ooschau und mit eich red ... Däi hout ned ämall säing könner, wenni mit eich gredt hou! Wos dou scho derbei is? Andre Lait redn aa mit ihre Hund. Obber dou sacht kanner wos! Andre Lait sammeln aa Gott waaß wos. Blouß iich derf nix sammeln, weils mei Frau su will!
Wos maanst, wos ihr ämall in zwanzg Johr wert seid, wous fast ka Zwerch mehr gehm tout? Komisch, daß die meistn vo eich aus der DDR kummer senn ... Däi hamm halt wenigstens ä Verständnis für eich ghabt.
Joo, wenni eich in Gaddn naustou hätt, dou hätts nix gsacht. Obber iich tou eich doch ned über Nacht in Gaddn. Wos is, wenns reengner tout? Dou gäiht eier Farb ab. Des wär ja nu schönner, wenni eich in Gaddn naustou hätt! Wos houi denn dervoo, wenn ka bißler Farb mehr ann eich droo is? Die Bräifmarknsammler hehm si doch däi Markn aa ned auf, däi wou beschädicht senn. Däi hout doch keine Ohnung ghabt vo Tutn und Blousn. Obber etz is fort. Gott sei Dank! Fritz, waßt, wos die gräißte Sauerei is? Däi hout ned ämall waddn könner, bissi vo der Errberrt hammkummer bin! Ohne ein Wort zu soong, is däi einfach abghaut! Däi wohr doch keinen Schuß Pulver wert. Naja, iich kumm scho drüber wech. Iich hou ja eich.

## Das Endspiel

Wieder einmal hatten sich der Erwin und der Ernst in Schale geschmissen. Sie trugen ihren schwarzen Anzug und eine schwarze Krawatte über dem vorgeschriebenen blütenweißen Hemd, aber viel lieber wären sie im Trainingsanzug daheim vorm Fernseher gesessen, denn heut abend ging es schließlich um die Wurst. Man schrieb den 11. Juli 1982, und kein Mensch war auf den Straßen zu sehen. Ganz Nürnberg war wie ausgestorben.

»Wäi stäihts?« fragte der Ernst den Erwin. Auf die Idee, ihn erst einmal zu begrüßen, kam er erst gar nicht.

»Däi hamm doch grood erscht oopfiffn, wäi der Oonruf kummer is.«

»Maanst, mir packens widder?«

»Schäi wärs ja scho, obber iich glaubs ned.«

»Du hilfst wull zu die Itooliener?«

»Iich helf zu kamm. Iich waaß bluß, daß die bessre Mannschaft gwinner tout.«

»Und wer isn des in deine Aung?«

»Innerer Stund wiß mer mehr.«

Unter diesen Worten betraten der Erwin und der Ernst den Lagerraum ihres Arbeitsplatzes.

»Däi hätt si ja aa ä andre Zeit raussoung könner. Mou däi ausgerechnt etz sterbm, wou es Endspiel läfft!« brummte der Erwin vor sich hin und schaltete die Neonbeleuchtung ein.

»Wos für ann soll mer denn nehmer?« fragte der Ernst.

»Des is doch worscht. Nehmer halt irgendann«, sagte der Erwin, der mit Recht stinksauer war, weil man ihn um den Höhepunkt des Jahres betroggen hatte.

»Obber mir könner doch ned einfach irgendann nehmer«, gab der Ernst zu bedenken: »Hout denn der Chef nix zu dir gsacht, wos für ann daß mehr nehmer solln?«

»Naa, des houter desmall vergessn.«

»Vergessn? Obber des vergißt der doch nie!«

»Hait scho. Du derfst ned vergessn, daß der aa es Endspiel ooschaut.«

»Sollinn nummall oorufn und froung?«

»Naa, des brauchst ned. Mir braung ja blouß den dou nehmer. Mit dem senn bis etz alle Lait zfriedn gween«, sagte der Erwin und deutete auf einen schweren Eichensarg, der in seiner ganzen majestätischen Pracht und Größe vor ihnen stand.

Im Lagerraum des Arbeitsplatzes von Erwin und Ernst stand in feierlicher Eintracht ein Sarg neben dem andern. Der Erwin und der Ernst waren nämlich Leichenträger in einem Bestattungsunternehmen. Ohne viel Federlesens trugen sie den schweren Eichensarg zum schwarzglänzenden Kombiwagen des Bestattungsunternehmens und fuhren durch die ausgestorbenen Straßen von Nürnberg.

»Etz sollert mer enn Autoroodio hoom«, sagte der Erwin zum Ernst, der wie immer das Steuer übernommen hatte.

»Du bist wull nesch«, antwortete der Ernst, »innerm Leingauto hout doch ä Autoroodio nix verlorn!«

Sie fuhren auf dem schnellsten Weg zu der angegebenen Adresse. Mit der Routine, die ihr Beruf mit sich brachte, trugen sie den schweren Sarg fachmännisch zur Haustür, setzten ihn ab und schellten. Ein Herr, der die Mitte der Sechzig schon überschritten hatte, öffnete ihnen. Am liebsten hätte der Ernst ihm die Frage gestellt: »Wie stäihts?« Aber das verkniff er sich aus Pietätsgründen dann doch. Der Erwin und der Ernst setzten erst einmal den Sarg im Hausflur ab und machten dabei genau das ernste Gesicht, das ihre Kundschaft angesichts des Todes von ihnen erwartete.

»Am bestn, Sie troong den Sarch gleich dou nauf«, sagte der Hausherr, dessen Frau vor ein paar Stunden gestorben war: »Mei Frau licht nu dou obm.«

Der Erwin und der Ernst ließen den schweren Eichensarg am Boden stehen und betraten die enge Wendeltreppe, die zum ersten Stock führte. Das paßte nun wieder dem Hausherrn überhaupt nicht: »Warum nehmers inn Sarch ned glei miit?«

»Weil mer den ned ums Eck rumbringer«, sagte der Ernst und zog ein Metermaß aus der Jackentasche seines schwarzen Anzugs. Er klappte es auf und sagte: »Der

Sarch is zwaa Meter verzg lang. Mit dem kummer mir nie im Lehm um des Eck rum.«

»Probiern Sie's halt erscht ämall«, sagte der Hausherr.

»Des braung mehr gohr ned erscht probiern, weil des ned gäiht«, sagte der Erwin. Und der Ernst fügte hinzu: »Mir troong halt Ihr Frau ohne Sarch runter und leengs dou untn nei.«

»Des kummt überhapts ned in Frouch. Entweder Sie troongs im Sarch nunter, odder mei Frau bleibt obm!« sagte der Hausherr schon ein wenig ungehalten.

»Wemmers im Sarch runtertroong, gibts blouß ä Sauerei«, erwiderte der Erwin.

»Sie, reißn sersi fei ä weng zamm! Wäi sprechn Sie denn vo meiner Frau!« Jetzt war der Hausherr schon etwas wütend.

»Mei Kolleech hout vollkommen reecht«, sagte da der Ernst, »wemmer dou ums Eck rumkummer wolln, mäimer Ihr Frau mitm Kupf nach untn runtertroong, und dann läfft die ganze Leingflüssichkeit ausm Mund raus. Wos maaner denn Sie, wäi des stinkt. Und dann erscht nu däi Sauerei!«

»Mei Frau stinkt ned!« rief der Hausherr empört.

»Jeder Mensch stinkt, wenner tout is«, gab der Erwin zurück.

»Ham Sie denn ka Ehrfurcht vor die Toutn? Ihr seid ja schlimmer wäi die Metzger.«

»Den Metzger nehmers sofort zurück!« Jetzt war auch der Ernst wütend.

»Iich denk ja gohr ned droo!« brüllte der Hausherr: »Gäiht doch gleich affm Schlachthuuf! Dou ghörter hii, ihr zwaa. Des hout mei Frau werkli ned verdäint!«

»Kumm, Erwin, mir gänger«, sagte der Ernst zu seinem Kollegen: »Beleidichn loun mer uns ned. Und vo dem scho gleich gohr ned. Der maant wull, er kann frech werrn, weil nern sei Frau grood gestorbm is.«

Der Erwin und der Ernst hoben den schweren Eichensarg vom Boden auf und wandten sich zur Tür.

»Obber Sie könner miich doch ned mit meiner Frau allaans loun!« zeterte der Hausherr ihnen hinterher.

»Wemmer su beleidicht werrn, könner mir allers«, sagte der Erwin.

»Ich zeich Sie oo!« drohte der Hausherr.

»Dann zeing mir Sie aa oo wecher Beleidichung«, sagte der Ernst. Der Erwin machte die Tür auf und beide steuerten mit ihrem Sarg entschlossen auf das Leichenauto zu. Sie verstauten ihn, und der Ernst übernahm wieder das Steuer.

Da wurde die Haustür aufgerissen. Der Hausherr trat auf die Straße, seine tote Frau im Arm. Der Ernst schaltete den Motor wieder ab, und der Erwin übernahm die Frau. »Warum denn ned gleich! Su gäihts ja aa! Obber immer erscht verrückt spieln!« sagte der Ernst. Gemeinsam mit dem Hausherrn, der kein Wort mehr sagte, betteten sie seine Frau in den Sarg. Als sie wegfuhren, schien es dem Erwin, als schimmere das bläuliche Licht des Fernsehers durch die Gardine.

## Der Überfall

Es ging alles furchtbar schnell. In Weißenbuch stürmte ein als Nikolaus verkleideter Mann in die Filiale der Kreissparkasse, in der sich gerade zwei Kunden befanden, ein Mann und eine Frau, beide um die fünfzig. Der Nikolaus zog blitzschnell eine Pistole aus seiner abgewetzten schwarzen Lederjacke, die nicht zu seiner Kostümierung paßte, und bedrohte damit den völlig verdatterten Sparkassenangestellten: »Hobb, es Geld her, obber ä weng dalli. Iich bin der Nikolaus.«

Der Sparkassenangestellte starrte auf die Pistole wie das Kaninchen auf die Schlange, dann machte er aber doch allmählich seinen Mund auf: »Obber des könners doch ned machn.«

»Und ob iich des machn kann«, erwiderte der Nikolaus unwirsch, »iich kann nu ganz wos andersch. Solli ämall ä weng schießn?«

Die beiden Kunden schauten sich hilfesuchend an. Sie hatten beide, ohne daß sie der Nikolaus eigens dazu aufgefordert hatte, die Hände erhoben, wie sie es in unzähligen Fernsehkrimis gesehen hatten. Der Sparkassenangestellte löste sich langsam aus seiner Erstarrung. Mit zitternden Fingern öffnete er den Geldschrank und legte ein Geldbündel nach dem andern auf den Schalter.

Dem Nikolaus ging das alles viel zu langsam. Er bedrohte nun auch noch die beiden Kunden: »Sie stelln sich etz dou mitm Gsicht an die Wand, obber die Händ bleibm drobm, gell!«

Sie kamen dem Befehl auf der Stelle nach.

»Sie senn etz meine Geisln. Sie nehmi nachert ä weng miit!«

Da faßte sich der Sparkassenangestellte ein Herz: »Obber Sie könner doch ned einfach unschuldiche Lait miitnehmer. Nehmers miich miit! Iich mach freiwillich Ihr Geisl!«

Das war dem Nikolaus aber gar nicht recht:»Iich nehm miit, wen iich will. Schick di läiber! Du könnerst scho längst ferti saa, wennst ned suviel redn dennerst!«

Der Sparkassenangestellte gab immer noch keine Ruhe: »Obber däi senn doch unschuldich!«

»Und du bist schuldi, wos?« gab der Bankräuber schlagfertig zurück: »Wer waaß, wäiviel Geld du scho heimlich aff die Seitn tou hast!«

»Keinen einzichn Pfennig!« rief der Sparkassenangestellte entrüstet aus. Der Nikolaus mußte lachen: »Su bläid möcherti aa ämall saa!«

Sogar die beiden Kunden mußten lachen. Das ging dem Nikolaus aber doch ein wenig zu weit: »Sie braung gohr ned su lachn! Innern werd es Lachn scho nu vergäih, wenns derschossn werrn.«

Der Sparkassenangestellte war inzwischen fertig.

Der Nikolaus stopfte das Geld in einen Müllsack, den man für zwei Mark in allen Drogerien der Stadt kaufen konnte: »Däi nehmi miit. Des senn meine Geisln.«

Er schulterte den Müllsack und drehte sich zu den beiden Geiseln um: »Wer isn vo Innern mitm Auto dou? Iich hou nämli kanns.« Doch der Sparkassenangestellte drängte sich vor: »Iich kann Sie ja aa fohrn. Ned, daß unschuldiche Lait droo glaubm mäin ...«

»Naa, iich fohr den Herrn scho«, sagte die Kundin, »mir is etz scho allers egohl, obber aa scho allers.«

Der Nikolaus verließ mit seinen beiden Geiseln die Sparkassenfiliale, immer noch die Pistole im Anschlag. Sie gingen quer über die Straße, stiegen in einen alten Volkswagen ein und fuhren los. Jetzt erst wagte der Sparkassenangestellte, der das Geschehen durch die Glastür beobachtet hatte, die Polizei anzurufen.

Die Stimmung im Volkswagen war gelöst. Der Nikolaus riß sich die Maske vom Gesicht und brach in ein befreiendes Lachen aus. Die beiden Kunden stimmten mit ein. Die Kundin steuerte den Wagen. Nachdem sie sich ein wenig beruhigt hatte, sagte sie: »Also, daß des su einfach gäiht, des hätti mer werkli ned denkt. Etz könner mer uns scho ä weng wos aff Weihnachtn kaufm, gell Nikolaus?«

Der Nikolaus gab sich damit noch nicht zufrieden: »Bis Weihnachten is nu lang hii! Dou könner mer scho nu ä pohrmall Nikolaus spieln.«

Da machte auch endlich der schweigsame Kunde seinen Mund auf: »Mir hamm halt doch enn prima Schwiechersohn!«

»Iich laß aff meine Schwiechereltern aa nix kummer!« sagte der junge Mann, dessen Gesicht eben noch unter einer Nikolausmaske versteckt war, und wischte sich den Schweiß von der Stirn.

## Herr Nachbar

*Ein ÄLTERER HERR. Die bei einer Kirchweih üblichen Holztische und Holzbänke.*
*Der ÄLTERE HERR sitzt im strömenden Regen allein in einem Biergarten. Es ist bereits dunkel geworden. Er starrt vor sich hin auf eine Maß Bier, die er mit einem Bierdeckel vorm Regen geschützt hat. Auch wenn er sich mit seinem imaginären Nachbarn unterhält, ändert er seine Blickrichtung nicht.*

ÄLTERER HERR Manchmall, wenni mer die Stern su ooschau, dann denki mer, wäi unwichtich doch allers is. Obber aa scho allers.

Der Mensch is doch blouß ä ganz klanner Mucknschiß in dem Riesenweltall dou droom. Mehr senn mer doch ned, odder?

Solche Gedanken gänger mer jedesmall im Kupf rum, wenni mer die Stern su ooschau. Machn Sie sich aa manchmall solche Gedankn, Herr Nachbar?

Nerja, iich kann ja vo Innern ned verlanger, daß esselbe denkn wäi iich. Wissens überhaupts, wou iich mir die Stern ooschau? Iich gäih mindestens jede Wochn ämall ins Planetoorium, weil bei dem Himmel, woumer etz hamm, dou sicht mer doch kanne Stern mehr. Joo, wäi i klaa wohr, dou hout mer nu enn Himml gsäing, obber etz is vobei. Wissens, wouher des kummt? Iich waaß, wouher des kummt! Die ganze Atmosphäre is verseicht! Jawoll! Die ganze Atmosphäre is totol verseicht!

Wenn däi su weitermachn, werd mer die Sunner aa bald nimmer säing. Passens auf, däi denner nu sulang rum! Nou könner mer uns glei in unsere eingner vier Wänd lewendi eimauern loun! Nou braung mer erscht gohr nimmer ausm Haus, wemmer ämall die Sunner nimmer säing! Des wollns ja blouß! Die Stern hamms scho vertriem. Etz is die Sunner droo! Wenni denk, wos mer fräiher für Stern am Himml gsäing hout! Dou hout mer ned extra in Planetoorium gäih mäin! Dou is mer einfach nausganger an die frische Luft, und scho hout mer su viel Stern säing könner, wäimer gwollt hout!

Kenner Sie des Lied aa nu: »Weißt du wieviel Sternlein stehen an dem blauen Himmelszelt?« Vonweeng blau! Schauers ämall nauf, ganz schwarz isser, der Himml!

Säing Sie hait ohmd dort droom enn Stern, Herr Nachber? Iich siich kann ... *Er guckt nach oben.*

Iich kenn übrigens alle Sternbilder. Wenni fräiher immer mit meiner Lok durch die Nacht gfohrn bin, dann houi immer auf die Stern naufgschaut. Keine Angst, passiert is nix, weil iich hou ja meine Streckn schließlich in- und auswendich kennt, wou iich jedn Tooch gfohrn bin! Joo, joo, des wohr scho ä schäins Gfiehl! Iich ä ganz allaans mit meiner Lok und über mir die Unendlichkeit vo die Stern! Des hättns ned denkt, daß iich ämall ä Lokführer wohr, gell? Nerja, des sicht mer mir aa ned oo! Wem sicht mer des scho oo, wosser is! Er lacht. Mer koo ja ned in die Lait neischauer.

Verzg Johr wohri bei der Bohn! Obber iich bin blouß mit die richtichn Lokn gfohrn, mit die Dampflokn! Ä Eisenbohn ohne Dampf is doch ka richtiche Eisenbohn! Däi Diesl dou und däi Elektrischn mit derer Oberlaitung, däi taung doch allzamm nix! Des is doch ä Glump! Ä richtiche Lok mou einfach raung! Des is doch glei wos anders! Mit däi moderner Lokn möchti ned um allers in der Welt fohrn! Ned ämall, wenni enn Haufn Geld derfür graichert! Ä su ä Dampflokführer, der hout aa sein Stolz! Obber des verstäiht ja hait kanner mehr, wos des bedait, wenn mer miterer Dampflok fohrn tout! Däi hamm doch scho allaans enn ganz andern Rhythmus! Des is doch Musik, wemmer ä su ä Dampflok hörn tout! *Er ahmt das Geräuch einer Dampflok nach.* Und dann hout mer aa nu LP könner. Wissens, wos des ghaßn hout? Des is die Abkürzung für Läuten und Pfeifen! *Er ahmt das Geräusch nach.*

Iich maan grood, iich siich inn Abendstern. Naa, naa, des isser ned. Des mou ä Fliecher saa. Der bewechtsi ja ...

Hait hamm doch die Lokomotivführer gohr kann Stolz mehr. Däi fohrn doch allers und wäi däi fohrn! Amall im

Johr gäihi nu aufn Hauptbohnhof und schaumer dennern ihre Lokn oo! Weil der dou wos derbei is! Dennern ihre Lokn senn doch idiotnsicher! Däi kann doch ä jeder Bläidl fohrn! Däi braung si doch hait überhaupts nimmer oostrenger! Mir Dampflokführer, mir hamm nu auf allers aufpassn mäin. Obber, wenn Sie maaner, daß iich Kulln gschaufelt hou, nou senns aufm Hulzwech! Dou derfür hamm mir unsre Heizer ghabt! Die Kulln, des wohr dennern ihr Aufgob! Des wär ja aa nu schönner gween, wenn mir aa nu auf die Kulln aufpassn hättn mäin! Des wär ned ganger, weil des is ä Ding der Unmöglichkeit! Fürs Schürn, dou wohrn die Heizer dou! Destweeng houi aa meine Heizer immer gout behandelt! Dou houts ka unrechts Wort ned gebn! Mer mou die Menschn blouß gout behandeln, nou senns aa gout zu amm selber! Obber wissens, wos miich an die Lokführer haitzutooch am meistn ärchert? Des is denern ihr ganzer Einstellung. Mir senn nu voll und ganz in unserm Beruf aufganger, obber dennern is ja worscht, obs etz ä Lok odder enn Bulldog fohrn! Und dann houi nu wos zum Aussetzen! Mir wohrn seinerzeit alle mitnander in der Eisnbohnergwerkschaft! Obber mir wohrn ned blouß zohlende Mitglieder! Naa, mir ned! Mir wohrn aktiv! Hait interessiert si doch kanner mehr für die Arbeiterbewechung, obwuhls alle mitnander immer nu Arbeiter senn! Obber des wollns ned wohrhoom! Soong Sie ämall Arbeiter zu emm Arbeiter! Der werd Innern glei wos soong! Der springt Innern doch glei mitm nackertn Oärsch ins Gsicht! Obber mir, mir wohrn nu richtiche Arbeiter! Nerja, es wohr ja aa schäi bei der Gewerkschaft. Su interessante Vorträch houi mei Lebtooch nimmer ghört! Des könner Sie si gohr ned vuurstelln, wäi interessant allaans scho denern ihre Vorträch wohrn! Dou houi aa zum erschtnmall in meim Lebn wos vo der Astronomie ghört.

Wissens, wos des haßt – Astronomie? Des is die Lehre vo die Stern! Und seit iich den Vortrach drüber ghört hou, intressieri mi für die Stern. Iich intressier mi für die Stern und für die Gwerkschaft, abgsehn vo meim Beruf als Lokführer, gell! *Längere Pause.* Hörn Sie ä Musik, Herr Nachbar? Er lauscht. Iich hör nix! Des soll ä Kerwa saa. Ned ämall ä Musik hört mer mehr! Des wohr fräiher allers anders! Zurrä gscheitn Kerwa ghört ä gscheiter Musik! Houi ned reecht, Herr Nachber? Obber wou gibts denn hait nu wos Gscheits? Su is doch etz mit allerm! Frouh saa könner mer, daß überhaupts nu ä Bier gibt! Obber etz werds langsam Zeit, Herr Nachbar, dassi ämall mit Innern oostoßn tou! *Er schaut zum ersten Mal nach rechts, hebt seinen Maßkrug hoch.* Prost, Herr Nachber! *Er merkt, daß niemand mehr da ist.* Sie hättn obber aa Ade soong könner, wäis ganger senn! *Pause.* Soongs blouß, Innern hout des bißler Reeng wos ausgmacht?

## Lebenslauf

Der Metallgießer Julian Holzmann, von allen nur »Juler« genannt, erblickte am 27. Dezember 1899, also noch ganz knapp im neunzehnten Jahrhundert, im Nürnberger Stadtteil St. Johannis das Licht der Welt, das allerdings sehr gedämpft war, denn die Holzmanns lebten in einer von einer Linde beschatteten Hinterhauswohnung in der Johannisstraße.

»Juler« war das dritte von sieben Kindern. Der Vater Konrad stammte aus einem kleinen Dorf in der Hersbrucker Schweiz, wo er als Bauernknecht gearbeitet hatte. Die Versprechungen der in Nürnberg im Entstehen begriffenen Industrie waren jedoch so groß, daß er eines Tages seinen ganzen Kram hinschmiß, um in der Stadt sein Glück zu versuchen.

Er schlug sich mit allen möglichen Handlangerdiensten durch, bis er es 1913, kurz vor Kriegsausbruch, als Hilfsarbeiter in der Bayerischen Metallwarenfabrik zu einem Wochenlohn von 19 Reichsmark gebracht hatte. Damit konnte er mehr schlecht als recht seine neunköpfige Familie ernähren. Trotzdem ließ er es sich nicht nehmen, Woche für Woche am Freitagabend im »Blauen Hecht« mit einem Spezereiwarenhändler und einem Eisenbahner Schafkopf zu spielen. Die Maß Bier kostete 24 Pfennig und eine Schachtel »Sport«, die nur vier Zigaretten enthielt, ganze zehn Pfennig. Sie mußte schon den ganzen Abend reichen.

Weil man als Arbeiter nicht abseits stehen konnte, war Konrad Holzmann sehr früh Mitglied der Sozialdemokratischen Partei Deutschlands geworden. Außerdem gehörte er noch zwei weiteren Vereinen an. Er war aktives Mitglied im Turnverein 1860 und trat auch noch einem sogenannten »Freßverein« bei, der sich auf echt fränkisch »Die Räihköpf« nannte. Jedes Mitglied hatte sich eigens einen gipsernen Rehkopf kaufen müssen, der gewissermaßen als Mitgliedsausweis fungierte. Die Beiträge wurden bei einem entweder aus einem Gansviertel oder einem gebackenen Karpfen bestehenden Festmahl buchstäblich »verfressen«.

Der kleine »Juler« wuchs in einer Welt heran, die ausschließlich von der Arbeit geprägt war. Nur einmal im Jahr vergaß man sie, dann feierte man in Johannis die Kerwa, auf der jedes Jahr gerauft wurde – getreu dem Spruch: »Wenn ned grafft werd, dann is ka Kerwa.«

Um möglichst viele Karussellfahrten für sich und seine Geschwister rauszuschinden, schob der kleine »Juler« zusammen mit Freunden das ausschließlich von Menschenkraft angetriebene Karussell an. Selbst der Spaß war mit Arbeit verbunden, und die Not machte erfinderisch. Man mußte schon etwas nachhelfen, um das Kirchweihgeld, das sich auf – sage und schreibe – fünf Pfennige belief, ein wenig aufzubessern, zumal eine einzige Karussellfahrt schon zwei Pfennige verschlang ...

Nach der Volksschule kam »Juler« sofort in eine Lehre, wo er das angesehene Handwerk eines Metallgießers erlernte. 1917, als er siebzehn Jahre alt war, mußte er einrücken, aber vom Ersten Weltkrieg bekam er nicht mehr sehr viel mit, denn als seine Grundausbildung zuende war, war auch der Krieg vorbei.

Mit 21 Jahren trat er in die Fußstapfen seines Vaters und wurde aktives Mitglied der SPD, deren Versammlungen häufig von Darbietungen des Nürnberger Mandolinenclubs umrahmt wurden, der sich bei den Arbeitern größter Beliebtheit erfreute. Die Versammlungen fanden in einer Gastwirtschaft statt, die den bezeichnenden Namen »Zur Grünen Flur« trug. Die Nürnberger waren seit jeher sehr naturverbunden, wenn sich ein Ausflug ins Grüne mit einem Besuch in einem Ausflugslokal verbinden ließ. Daran hat sich bis heute noch nichts geändert ...

Mit 34 Jahren heiratete »Juler« die in einem vornehmen Feinkostgeschäft in der Nürnberger Innenstadt als Verkäuferin arbeitende Kunigunde Walz, die ihm drei Kinder schenkte, zwei Söhne, von denen einer aus Rußland nicht zurückgekehrt ist, und eine Tochter, die als Nachzüglerin erst kurz vor Kriegsende geboren wurde.

Obwohl »Juler« in politischer Hinsicht durch und durch fortschrittlich war, war er im privaten Bereich ein nicht zu überbietender Reaktionär. Jeder mußte nach seiner Pfeife tanzen. Die Strenge, mit der er selbst erzogen wurde, gab er unvermindert an seine Kinder weiter.

Sein Sohn Willi wurde nach dem Krieg Maschinenbauingenieur. »Juler« war stolz darauf, nun einen »Gstudierten« in der Familie zu haben. Sein Vater war ja noch Hilfsarbeiter gewesen, er selbst schon Facharbeiter, aber sein Sohn war noch einen Schritt weitergekommen.

Seine Tochter Helga hatte einen amerikanischen Berufssoldaten geheiratet, mit dem sie durch die ganze Welt zog, je nachdem, wo er stationiert wurde. Obwohl »Juler« kein Wort Englisch sprach und sein amerikanischer Schwiegersohn kein Wort Deutsch, verstanden sie sich dennoch auf eine sprachlose, aber nicht minder herzliche Art und Weise.

Der größte Einschnitt in seinem Leben war der plötzliche Tod seiner Frau Kunni, die 1962 an einem Herzinfarkt verstarb. Es dauerte schon einige Jahre, bis er sich von diesem Schlag ein wenig erholte.

Die letzten Jahre seines Lebens verbrachte er im Hause seines Sohnes Willi. Man hatte ihm zwei Zimmer im Parterre überlassen, um ihn vor dem allzu mühevollen Treppensteigen zu bewahren.

Die erste Zeit legte er großen Wert darauf, in Ruhe gelassen zu werden. Eigensinnig, wie er war, versorgte er sich selbst; er wollte niemandem zur Last fallen. Nach seinem siebzigsten Geburtstag entwickelte er eine hektische Aktivität. Er trat einem Pensionistenverein bei, in dem er es, aufgrund seiner Erfahrung in der SPD, bald zum Vorstand brachte. Im Pensionistenverein war es auch, wo er die zehn Jahre jüngere Frau Herrmann kennenlernte, die in den letzten zehn Jahren seines Lebens seine Freundin sein sollte. Frau Herrmann war ein spindeldürres kleines Weibchen mit seltsam wachen Augen, denen nichts entging. Am Sonntag ließ sie sich von »Juler« ständig zum Essen ausführen. Manchmal brachte sie auch Freundinnen mit. »Juler« ließ sich nicht lumpen und hielt auch sie zechfrei.

Seine Schwiegertochter merkte bald, daß es Frau Herrmann nur auf die Rente ihres Schwiegevaters abgesehen hatte, aber sie konnte mit ihm nicht darüber reden, denn jedesmal, wenn die Rede auf seine Freundin kam, ging ihr Schwiegervater sofort zu einem anderen Thema über.

Er erzählte ihr nur, daß die »Knöchler«, die er mit Frau Herrmann gegessen habe, wieder einmal »einmoolich« gewesen seien.

Seine Schwiegertochter Lieselotte, die er natürlich nur Liesel nannte, war sein wichtigster Gesprächspartner, weil sie zu den Menschen gehörte, die lieber andere reden ließen. Sie gab ihm das Gefühl, sie höre ihm zu, wenn sie seine beiden Zimmer saubermachte.

»Derzählt mer nix«, so pflegte er seine Geschichte zu beginnen, »derzählt mer nix, iich hou gnouch miitgmacht. Mir kann kanner mehr wos weismachn. Iich kenn es Lehm. Iich waaß, wäis aff der Welt zougäih tout.«

Er saß an seinem Küchentisch und steckte sich eine neue Zigarette an, obwohl er gerade erst eine ausgemacht hatte. Seine Schwiegertochter hatte zwar versucht, ihm das Rauchen abzugewöhnen, es dann aber wieder aufgegeben. Nicht genug, daß »Juler« Kettenraucher war, er war auch ein gewaltiger Biertrinker, der es bis ins hohe Alter im Schnitt gut und gerne auf seine sieben bis acht Flaschen Bier pro Tag brachte.

Je mehr er sich den Achtzig näherte, desto mehr erzählte er von der Vergangenheit. Sein Kurzzeitgedächtnis ließ ihn immer mehr im Stich, während sein Langzeitgedächtnis sich an Einzelheiten erinnern konnte, die er mit einer sonderbaren Klarheit plötzlich vor sich sah.

Breiten Raum in seinen Erzählungen nahm vor allem die SPD ein, der er bis zu seinem Tode immerhin 60 Jahre angehört hatte. Die SPD war seine geistige Heimat gewesen. Er hatte zwar keine steile Karriere gemacht wie so viele andere Genossen, die mit ihm eingetreten waren, aber er war immerhin Kassierer im 105. Bezirk gewesen. Samstag für Samstag mußte er von Tür zu Tür gehen und mit den Genossen reden. Bei jedem winkte ein Gläschen Schnaps oder eine Flasche Bier.

Mit dem von der SPD eingeführten Lastschriftverfahren war er mehr als unzufrieden. Ständig beschwerte er sich bei seiner Schwiegertochter. Kein Kassierer kam mehr zu ihm, mit dem er über die gute alte Zeit des Kampfes reden konnte.

Als seine Schwiegertochter wieder einmal saubermachte, entdeckte sie einige SPD-Marken in einem Abfalleimer.

»Iich leech gohr kann Wert mehr aff däi Marken«, sagte er nur. »Des is scho ä Gmeinheit. Fräiher hamms däi Markn nu persönlich vorbeibracht und etz steckn sis einfach inner Kuvert nei und fertich ... Des will ä Partei saa. Iich waaß gohr nimmer, wos in der vuurgäih tout. Iich waaß blouß, daß der Schmidt Kanzler is. Obber wenn ämall anner zu mir kummert, dem soocherti wos.«

Und dann tauchte er wieder in die Vergangenheit ein und erzählte wieder eine Geschichte, die seine Schwiegertochter bestimmt schon etliche Male gehört hatte: »Des wohrn halt Zeitn. Dou hamm mir Soziooldemokrootn nu zammghaltn. Mir hamm uns scho in der Weimarer Republik von denne Nozis nix gfalln loun. Wenns enn Fackelzuuch gmacht hamm, hammer sugohr die Blummertöpf vo die Fensterbrettler runtergschmissn. Amall hamms sugohr aff miich gschossn, obber troffm hamms mi Gott sei Dank ned. Des wohrn scho elende Frecker, däi Nozis. Nerja, lang houts ja ned dauert, dennern ihr Tausenjährichs Reich ...«

»Juler« kam vom Hundertsten ins Tausendste, wenn er einmal beim Erzählen war. Von den Nazis führte ein direkter Weg zum Krieg: »Houi der einli scho ämall derzählt, wäi i eiruckn hou mäin?«

Seine Schwiegertochter schüttelte verneinend den Kopf, obwohl sie diese Geschichte längst in- und auswendig kannte.

»Mir hamm scho ä pohr Johr Gräich ghabt, dou houi enn Bräif gräicht, dassi morng ummer achter in Schwabach eiruckn mou. Am andern Tooch in der Fräih binni in Zuuch nach Schwabach eingstieng. Und wenn siichi dou? Meine Regimentskameroodn ausm Erschtn Weltgräich. Des wohr vielleicht ein Hallo! Nou hammer gsacht, bis ohmds ummer achter is ja nu enn Haffm Zeit, in die Kasern gemmer etz nu ned, dou wärn mer ja bläid, etz gänger mer erscht ämall inner Wertshaus. Etz hout des annziche Wertshaus in der Näh vo der Kasern ausgrechnt Ruhetooch ghabt!

Obber wäi der Wert gmerkt hout, daß zwanzg Lait vuur seiner Tür stenner, dou häst ämall säing solln, wäi schnell der sei Wertshaus aufgmacht hout! Am andern Tooch hammer fräih ummer sechser exerziern mäin. Mir hamm uns oogstellt wäi der Hund zum Eierleeng, weil mer praktisch alle nu halmi bsuffm wohrn. Dou hout der Feldwebel vielleicht brüllt: Wos, ihr wollt Solldootn gween saa? Schlappschwänz wohrter. Gohr nix wohrter. Hot der vielleicht gschimpft! Obber mir hamm blouß grinst, weil mer si unsern Teil denk hamm. Und dann kummt nu des Allerschönste! Houi der des scho derzählt, Liesel? Naa? Nerja, ä pohr Tooch später kummt der Feldwebel widder und sacht: Mir braung enn Koch. Wemmer kann Koch ned hamm, dann gräichter nix zum Fressn. Und anner vo meine Kameroodn, Heinlein houter si gschriebm, hout gleich aff miich hiidait und gsacht, dou der Holzmann, der koo gout kochn. Iich, houi gsacht, iich bin doch ka Koch, iich bin doch ä Metallgäißer. Nou hout mei Kamerood blouß draff gsacht: Herr Feldwebel, loun sersi vo dem fei blouß nix weismachn, der koo fei gout kochn. Nerja, nou binni halt in die Küchn kummer, obber ned lang.

Nacherer pohr Tooch kummt der Feldwebel widder zu mir und sacht: Holzmann, liefcrns Ihre Klamottn ei. Sie mäin morng fräih mitm Bierfuhrwerk widder nach Nämberch hammfohrn. Sie werrn in Ihrer Firma dringend braucht.«

Auf diese Weise war »Juler« um den Zweiten Weltkrieg gerade noch einmal herumgekommen. Er verdankte diesen Umstand allerdings der Tatsache, daß sich sein Betrieb auf Rüstung umgestellt hatte.

Zu Weihnachten, Ostern und zu seinem Geburtstag erhielt »Juler« schöne bunte Karten aus den USA. Manchmal befanden sich auch einige Fotos im Briefumschlag. Als seine Schwiegertochter einmal wieder zur Tür hereinkam, zeigte er ihr ein Foto seines in Texas geborenen amerikanischen Enkels Jimmy. Dabei machte er ein sehr betretenes Gesicht.

»Schau ämall den Jimmy oo, Liesel. Des is doch ä Mißgeburt.« Seine Schwiegertochter warf einen Blick auf das Foto. Es zeigte einen etwa dreizehnjährigen Jungen in einer typischen Baseball-Kluft mit stark wattierten Schultern. In der Hand hielt der Junge einen Baseball-Helm.

»Maanst ned aa, daß der ä Mißgeburt is. Schau ner blouß ämall seine Schultern oo!«

Aber seine Schwiegertochter konnte ihn eines besseren belehren. »Su. Baseball sacht mer dou derzou. Des is vielleicht ein komischer Sport, wou die Sportler wäi Mißgeburtn ausschauer. Nerja, mir solls reecht saa. Wenigstens hout der Bou nix ...«

»Juler« verfügte über einen unbändigen Lebenswillen. Er dachte nicht daran aufzugeben. Wenn er mit seinen Pensionisten eine kleine Wanderung machte, marschierte er immer an der Spitze. Voller Stolz erzählte er dann immer wieder seiner Schwiegertochter: »Also, glabsters, Liesl, däi altn Lait! Däi könner einfach ned laufm. Dou bin iich scho ä anderer Kerl.«

Dabei war er genauso alt wie die anderen, denen er davongelaufen war.

Nach seinem achtzigsten Geburtstag ging es mit ihm rapide bergab. Er konnte das Haus überhaupt nicht mehr verlassen. Frau Herrmann, die sich allzu gerne ausführen ließ, kam nur noch ganz selten bei ihm auf eine Stippvisite vorbei.

Mit der Zeit war er so entkräftet, daß er nicht einmal mehr die Kronenkorken von seinen Bierflaschen abbrachte. Seine Schwiegertochter mußte immer gleich einige auf Vorrat aufmachen, denn auf sein Bier konnte und wollte er bis zuletzt nicht verzichten.

Er starb 1982. Sein Todeskampf dauerte nicht sehr lange. Seine Schwiegertochter rief Frau Herrmann an und fragte sie, ob sie ihn noch einmal sehen wolle, aber »Julers« Freundin hatte für 16 Mark 60 eine Kaffeefahrt gebucht und war unabkömmlich. Während sie in der Fränkischen Schweiz Kaffee trank, schlief ihr Freund ganz sanft ein.

Zwei Tage später stand sie, mit einem Kranz in der Hand, vor der Tür. »Julers« Schwiegertochter machte ihr auf.

»Dou houi enn Kranz für Ihrn Schwiechervatter. Wenn is denn die Beerdichung?«

»Es gibt ka Beerdichung.«

»Des gibts doch ned, daß ka Beerdichung gibt. Jeder Mensch mou doch beerdicht werrn.«

»Mei Schwiechervatter ned.«

»Obber wenner scho ned beerdicht werd, dann werder doch wenigstens eigäschert werrn?«

»Naa, der werd aa ned eigäschert. Der hout sei Leich testamentoorisch scho vor Johrn der Anatomie ver macht.«

»Dou houter mir obber nie wos dervoo derzählt.«

Frau Herrmann war schwer enttäuscht, daß man sie um den Leichenschmaus gebracht hatte.

»Sie hamm grood gsacht, dasser ä Testament hinterlassn hout?«, fragte sie ganz zaghaft.

»Viel is ned, wosser hinterlassn hout. Des gäiht allers an uns.«

Da wurde Frau Herrmanns Enttäuschung gleich noch größer. Sie wollte schon unverrichteter Dinge wieder abziehen und den Kranz mitnehmen, da sagte »Julers« Schwiegertochter noch zu ihr:

»Wenns wolln, könners obber die ganze Wohr hoom, wou nu im Keller druntn is.«

Das ließ sich Frau Herrmann nicht zweimal sagen. Mit drei Plastiktüten voller Konserven schwer beladen, stieg sie in ein Taxi, obwohl sie sonst immer zu Fuß ging. Den Kranz hatte sie im Keller zurückgelassen.

Ein paar Tage später rief sie bei der Schweigertochter an, um sich noch einmal für die Konserven zu bedanken.

»Stelln sersi blouß vuur, Frau Holzmann, wäi i hait mittooch ä Dosn Gulasch vo Ihrm Schwiechervatter aufgmacht hou, dou schellt doch aff amall es Telefon. Iich gäih hii, stolper und gäiß mer des ganze Gulasch über mei Kleid.«

Damit war ihr der Leichenschmaus endgültig verdorben. Die anderen Konserven rührte sie so schnell nicht an.

## Paris, einfach

*Ein HERR, Ende 40, sitzt an einem Wirtshaustisch in der Bahnhofsgaststätte, der ehemaligen dritten Klasse. Lautsprecherdurchsagen. Im Hintergrund dröhnt eine Musikbox.*
*Ab und zu unterbricht der HERR seinen Monolog, um einen Schluck Bier zu sich zu nehmen.*

HERR Es gibt Lait, däi könner ihr Bier überoll trinkn. Schäi, wemmer des kann. Iich kann des ned. Iich kann mei Bier blouß dou herin trinkn. In der Bohnhuufswertschaft dritter Klass. Däi haßt zwohr scho lang nimmer su, weils scho lang ka dritte Klass mehr gibt, obber für miich und alle andern, wou dou reikummer, is und bleibt des die dritte Klass. Und sunst nix!
*Pause.*
Iich kann machn, wossi will: Wenni ämall wouanders ä Bier trink, nou schmeckts mer einfach ned, nou loui immer die Hälft stäih.
*Pause.*
Seit zwanzg Johr kummi etz dou scho rei. Tooch für Tooch. Bis aff däi pohrmall, woui krank wohr. Des hout dann jedsmall ein Hali und ein Halo gehm, wenni widder ausm Kranknhaus rauskummer bin. Su hout mer miich dou vermißt. Derbei waaß ja kanner mein Nouchnoomer. Ned ämall der Wert. Dou herin binni blouß der Erich, der Erich vom Bohnhuuf.
*Pause.*
Es gibt nix Schönners wäi inn Bohnhuuf. Und im Bohnhuuf gibt nix Schönners wäi die dritte Klass.
*Pause.*
Wenni dann su douhock und miich su umschau, nou houi es Gfühl, iich bin unter Menschn. Unter richtiche Menschn. Derhamm ned. Derhamm kummi mer eingli blouß immer wäier Fremder vuur, der hin und widder mall aff Besuch kummt. Dou haltis einfach ned aus. Wenni in der Fräih aufwach – meistens mit suerm Mordstrümmer-Brummschädel – dann möcherti am

läibstn gleich widder dou her, dassi widder enn klorn Kupf gräich. Derhamm binni blouß ä Schattn meiner selbst.
*Pause.*
Mei Frau siichi su gout wäi nie. Wenn iich aufstäih, is scho widder fort. Däi gäiht nämli putzn. Und wenni hammkumm, is scho im Bett und schläft. Obber su kummer am bestn draus.
*Pause.*
Dou herin werd mer die Zeit nie lang. Dou gibts immer wos zum Säing und Horng. Wos iich dou scho allers ghört hou! Des glabbt amm kanner, wenni des amm derzähl. Obber su is. Die Wohrheit is halt ämall ä weng hart.
*Pause.*
Amall hout si anner douherghockt und gsacht, etz gäihter hamm und bringt si um. Iich hou gohr nix draff gsacht, weili denkt hou, der is bsuffm. Und Bsuffne soll mer ja ned widersprechn. Zwaa Tooch später wohr in der Zeitung gstandn, dassersi wechgrammt hout. Naa, dou herin werd amm die Zeit werkli ned lang.
*Pause.*
Des is übrichens mei Stammplatz. Die Stammgäst wissens, daß dou ka andrer hockn derf. Und wennsi ämall ä andrer hiihockt, der wou des ned waaß, nou rühri mi scho. Däi schauer dann immer dumm aus der Wäsch, wenni innern sooch, daß aff mein Platz hockn. Meistns fangers dann gleich aa nu zum Stänkern oo und bleim aff meim Platz hockn. Obber iich geb kann Rouh, und wenni inn Wert holn mou, bissersi wouanders hiihockn.
*Pause.*
Naa, meim Platz lou iich mir vo kamm wechnehmer. Dou kann kummer, wer will und mooch. Vo meim Platz aus houi nämli ä wengern Überblick. Iich kann zum Beispiel alle Lait säing, wou zu der Tür reikummer. Iich brauch blouß jemand ooschauer, und sofort waaßi, wos mit imm lous is. Des is fei ned übertriebm. Mit der Zeit gräicht mer halt ä Gspür für allers. Dou kann amm dann kanner mehr wos vuurmachn. Und wenns mer nu su die

Huckn vulläing! Iich soochs alle Lait affn Kupf zou, wenns mi ooläing. Und dann hockens dou wäi ä Heifler Elend und fanger oo zu greiner. Miich koo nix mehr erschüttern. Iich hou ä dicks Fell. Und des braucht mer ja aa dou herin, sunst gängert mer ja selber vuur die Hunde!

*Pause.*

Joo, joo, der wou dou reikummt, der brauchts halt einfach, die dritte Klass. Su einfach is des. Iich wissert ja aa ned, wos iich ohne die dritte Klass machn sollert.

*Kurze Pause.*

Mai Lehm wohr ja scho verpfuscht, wäii vuur siemerverzg Johr geborn worrn bin. Iich kann ja nix derfür, dassi geborn worrn bin, obber trotzdem binni ä Lehm lang derfür bestroft worrn!

*Pause.*

Nie is des gschäing, wossi gwollt hou. Immer is es Geengteil dervoo eitretn. Dou houi machn könner, wossi gwollt hou. Und dou derbei wohri ja gohr ned dumm. Iich hätt bestimmt studiern könner, nou wäri hait ä Dokter. Obber domols hout mer doch blouß glacht, wenn anner aff die Idee kummer is: »Vatter, iich möchert studiern!« Dou wohr doch gohr ned droo zu denkn. Mei Vatter hout doch gohr ned wartn könner, bissi aus der Volksschul rauskummer bin, und dann hout er mi sofort inner Lehr gsteckt. Der hout mi ja ned ämall gfroucht, obbi des überhapts lerner will. Und su hout mer aus mir einfach enn Werkzeichmacher gmacht. Annerdreißg Johr houi als Werkzeichmacher gerrbert. Annerdreißg Johr houi Gewindebohrer hergstellt, immer dieselbm Bohrer, toochein toochaus, blouß der Durchmesser wohr ä weng anders. Annerdreißg Johr Bohrer, bissi vuur zwaa Johr wecher meim Moonggschwür Frührentner worrn bin. Und vuur amm Johr hamms mer zwaa Drittel vo meim Moong raus. Mall saäing, wer länger durchhaltn tout, mei Moong odder iich.

*Pause.*

Mei Vatter wohr sei Lehm lang affm Rangierbohnhuuf als Rangierer. Des hout dem glangt. Der wollt ja nie

wech, obber iich scho. Seiti denkn koo, wollti wech. Erscht wollti vo meine Altn wech, dann vuur däi Gwindebohrer, woumer sugohr nachts im Traum nouchganger senn, und dann wollti aa nu vo meiner Frau wech. Warumi däi gheirert hou, bleibt mer ewich ä Rätsel.
*Kurze Pause.*
Genau vuur zwanzg Johr houi dann Ernst gmacht. Wäi mei Frau im Gschäft wohr – domols wohrs nu Verkaiferin innerm Supermakt, hait is blouß ä Putzfrau – houi mein Koffer packt und bin zum Bohnhuuf marschiert, und dann houi mi am Schalter oogstellt und gwart, bissi drookumm. Iich hou bis zuletzt ned gwißt, woui hiiwill. Wäimi dann der Moo am Schalter gfroucht hout, woui hiiwill, is einfach über miich kummer. »Paris« houi gsacht. Wäi aus der Pistoln gschossn: »Paris, einfach!« Weil zruck wollti ja nimmer. Nerja, und weil der Zuuch nouch Stuttgart, woui inn Oonschluß an Orientexpress nouch Paris gräicht hätt, nu drei Stund Zeit ghabt hout, houi mer denkt, kaufster schnell nu ä Halbe odder zwaa. Und dann binni zum erschtnmall dou reiganger. Aus Paris is nix worrn. Nerja, nie is ja des gschäing, wossi gwollt hou.
*Pause.*
Obber däi Fohrkartn houi fei immer nu. Däi hebi mer scho auf, wemmers aa nimmer lesn koo, daß dou »Nämberch-Paris« draffstäiht.
*Pause.*
Ä Zeitlang houis dann jedn Tooch probiert, obbi ned doch nu nouch Paris kumm. Däi Fohrkartn hout ja schließlich ä Vertljohr goltn. Obber iich hou machn könner, wossi gwollt hou: Iich bin jedesmall widder hängerbliem, dou herin hängerbliem.
*Pause.*
Wer waaß, für wos des gout wohr. Allers bleibt doch immer su, wäis is. Dou kammer doch gohr nix dergeeng machn. Schiggsool is ehm Schiggsool. Es werd ned besser und ned schlechter. Und dou dermiit moumer si halt abfindn. Des Gleiche is doch mitm Fortfohrn: Wer fortfährt, kummt aa ämall widder zrück. Sugohr vo Paris.

Und dann is allers widder su, wäis scho ämall wohr. Wenn des su is, dann is vielleicht es Gscheitest, wemmer gleich derhamm bleibt.
*Pause.*
Manchmall froung mi ja die Lait dernouch, wenn ihr Zuuch gäiht. Dou soochi dann blouß immer: »Irgendanner werd scho gäih. Mir hamm ja schließlich zwaaäzwanzg Bohnsteich. Dou werd scho anner für Sie derbeisaa!« Und dann soongs: »Obber iich mou doch nouch München!« Und dann soochi: »Vo müssen kann gohr ka Red ned saa. Sie mäin ned nouch München.« Und dann schauers mi saudumm oo mit ganz grouße Aung und gänger weiter.
*Pause.*
Iich maan, iich bin ja aa ned nouch Paris gfohrn und leb aa nu. Obber mei Bohnhuufswertschaft, däi brauchi, weil dou herin houi allers, wossi zum Lehm brauch. Mehr willi gohr ned. Iich maan, iich könnert etz aa nu fortfohrn, wenni wollert, meinertweeng sugohr nouch Paris, obber des kanni mer genausugout sporn:
*Pause.*
Wenni meine zeä bis zwölf Halbe hou, nou houi des Gfühl, iich bin fort. Ganz weit fort. Wäi i dou hiikummer bin, des waaßi ned. Iich bin halt ganz einfach scho dort.
*Pause.*
Und dann hockt plötzli ä Necher neber mir odder ä Indiooner odder ä Chines. Und obwuhl däi in ihrer Sprouch mit mir plaudern, verstaihhi jeds Wort.
*Pause.*
Die Welt is ja su grouß.
*Pause.*
Dou kummts aff miich aa nimmer draff zamm.
*Pause.*
Des is doch der Welt worscht, obs iich ooschau, odder?

## Die Entziehung

»Wohrer scho dou?« fragte der Gerstackers Otto, als ihm der Wirt des »Schwarzen Adler« seinen Bierkrug mit Zinndeckel hinstellte, auf dem seit nunmehr zwanzig Jahren sein Name eingraviert war.

»Wenner scho dou gween wär, wärer doubliebm«, antwortete der Wirt und setzte sich an den Stammtisch. Er war so dick, daß sein Bauch gegen die Tischkante drückte.

»Etz wohrer scho zwaa Tooch lang nimmer dou«, fuhr der Otto nach einigem Nachdenken fort, »zwaa ganze Tooch. Des houter nu nie gmacht, dasser zwaa Tooch lang ned kummer is.«

»Iich waaß ja aa ned, wos dou lous is«, sagte der Wirt und klappte seinen Zinndeckel auf, um einen gewaltigen Schluck Bier zu sich zu nehmen.

»Entweder, er mooch uns nimmer odder er hout wos gecher uns«, folgerte der Otto.

»Warum soll der wos gecher uns hoom?« fragte der Wirt: »Mir hammern ja nix tou!«

»Waßt, wos mer machn?« sagte der Otto, »mir rufnern etz oo und froungnern, warummer nimmer kummt.«

»Und wenner ned derhamm is?« fragte der Wirt.

»Ner, wenner ned dou is, nou isser doch derhamm«, folgerte der Otto.

»Vielleicht trinkter sei Bier wouanders«, mutmaßte der Wirt.

»Des glaubi ned, zwanzg Johr lang trinkt der sei Bier bei dir. Zwanzg Johr. Maanst, daß der nach zwanzg Johr Knall aff Fall sei Bier wouanders trinkt?« gab der Otto zu bedenken.

Nun gab sich der Wirt endlich geschlagen: »Nou rufmern halt oo, wennst maanst!«

Sie standen auf und gingen zum Telephon, das auf dem Ausschank stand.

»Waßt du sei Nummer?« fragte der Otto.

»Wouher soll iich denn dem sei Nummer wissn. Iich hounern doch nu nie oogrufn«, sagte der Wirt.

»Iich aa ned!« antwortete der Otto: »Wemmer enn Mensch jedn Tooch sicht, brauchtmern ja ned oorufn ...«

Es dauerte ungefähr zehn Minuten, bis sie den Namen ihres Freundes im Telefonbuch nachgeschlagen hatten.

»Waßt, wäiviel Fürsattel daß bei uns gibt?« frage der Wirt, »Fünf!«

»Obber blouß ann Schorsch!« fügte der Otto hinzu, nachdem er einen Blick ins Telefonbuch geworfen hatte.

Schorschs Frau war am Apparat. Ziemlich kurz angebunden erklärte sie, daß ihr Mann wie üblich im »Schwarzen Adler« hocke und sich zusammensaufe.

Nun waren der Wirt und der Otto genauso schlau wie vorher. »Däi zwanzg Pfenni hätti mer sporn könner«, sagte der Wirt enttäuscht.

»Du bist vielleicht ein alter Knauser! Wos senn denn scho zwanzg Pfenni! Rechn ämall nouch, wos du die letztn Johr am Schorsch verdäint hast!« gab der Otto zurück.

Sie setzten sich wieder an den Stammtisch und fuhren in ihren Überlegungen fort, welchen Grund es denn haben könne, daß sich der Schorsch zwei Tage lang nicht mehr habe blicken lassen. Nach und nach trafen die anderen Stammtischler ein, die das Thema dankbar aufgriffen und weiterdiskutierten, aber zu einem Ergebnis kam man nicht.

Am Tag darauf erschien der Fürsattels Schorsch wieder nicht im »Schwarzen Adler«. Der Otto trank schnell noch ein Bier, um sich zu stärken, und machte sich auf die Suche nach seinem treulosen Saufkumpan. Es wurde ein ausgedehnter Abend, denn in der Kleinstadt Bruck an der Pegnitz gab es immerhin vierzehn Wirtshäuser, wo man sein Geld versaufen konnte. In sieben davon trank der Otto jeweils eine Halbe Bier, dann ging er zu härteren Sachen über, weil er nicht ständig auf die Toilette rennen wollte, wenn er ein neues Gasthaus betrat. Er fragte jedesmal den Wirt, ob er den Fürsattels Schorsch gesehen habe. Da er kein Foto seines Freundes besaß, mußte er in allen vierzehn Wirtschaften eine eingehende Personenbeschreibung seines Freundes herunterbeten. Die Beschreibung wurde von einer Wirtschaft zur anderen immer konfuser. Der Pächter der zehnten Wirtschaft war ein Grieche. Der Otto erklärte ihm im allerschönsten Gastarbeiterdeutsch, worum es sich handelte: »Ich suchen Kamerad. Trinken immer Bier. Spindeldürr. Sehr großes Mann.«

»Großes Mann?« fragte der Wirt: »Bei mir viele großes Mann!«

»Tragen immer grünes Tirolerhut«, präzisierte der Otto, »mit kleines Feder von Vogel.«

»Nix gesehen ich Mann mit Feder von Vogel«, sagte der Wirt, und der Otto kippte den Ouzo hinunter, der ihn an die Anisplätzchen erinnerte, die seine Mutter immer zu Weihnachten gebacken hatte. In der vierzehnten Wirtschaft konnte er – sternhagelvoll, wie er war – nur noch sich selber beschreiben: »Hamm Sie vielleicht enn klann Dickn gsäing miterer Glatzn?«

»Wenni mi ned taisch, stäiht grood anner vuur mir!« sagte die Bedienung und lachte selbst über ihren gelungenen Scherz.

Als der Otto am anderen Tag aufwachte, war es halb elf. Er wußte nicht mehr, wie er nach Hause gekommen war. Er wußte nur, daß er einen fürchterlichen Brummschädel hatte. Mehr als drei Stunden brauchte er, um einigermaßen zu sich zu kommen. Dann schaute er im »Adler« vorbei, wo er dem Wirt von seiner ergebnislos verlaufenen Suche Bericht erstattete.

»Gäih halt ämall zu imm hii«, riet ihm der Wirt, »des wär es Gscheitste.«

»Wos maanst, wos iich etz mach?« sagte der Otto und trank noch schnell sein Bier aus, um seinen Kater wieder in den Griff zu kriegen. Er machte sich auf den Weg zu Schorsch Fürsattels Haus und schellte wie verrückt. Schorschs Frau machte ihm auf. Auf seine Frage, was mit Schorsch los sei, antwortete sie nur: »Der hockt doch scho widder im ›Odler‹ und saift! Des machter scho seit drei Johr, seiter sei Rentn gräicht.«

»Des gibts doch ned, iich kumm doch grood vo dort!«

»Grood isser fortganger. Sindsm denn ned begeengt?«

Da konnte der Otto, dem die ganze Angelegenheit langsam schleierhaft vorkam, nur noch »naa« sagen und sich verdrücken.

Von der nächstbesten Telephonzelle aus rief er den Wirt an: »Is der Schorsch bei dir?«

»Du hast doch grood gsäing, dasser ned dou is.«

»Obber es hätt doch saa kenner, dasser inzwischn kummer is.«

»Naa, der is ned kummer. Wos houtn sei Alte gsacht?«

»Des is ja des. Däi hout gsacht, dasser bei dir is!«

»Etz blicki langsam werkli nimmer durch.«

»Maanst iich?« Mit dieser Frage hängte er wieder ein. Er ging zum Haus der Fürsattels zurück und beobachtete es, wobei er sich wie ein Detektiv in drittklassigen Kriminalromanen hinter einem Baum versteckte. Er wartete eine Stunde, er wartete zwei Stunden. Die Dämmerung setzte langsam ein. Schließlich verließ kurz vor sechs Schorschs Frau das Haus, mit einem Einkaufsnetz in der Hand. Der Otto rannte ganz schnell zum Haus hinüber und rüttelte an der Tür, aber niemand machte ihm auf. Er ging ums Haus herum. Ein Kellerfenster war offen. Mit den Beinen voran stieg er ein. Seinen Bierbauch mußte er schon gewaltig einziehen, um überhaupt noch durchzukommen, dann landete er auch noch sehr unsanft auf einem Kohlenhaufen. Er klopfte sich den Ruß von der Hose, ging die Kellertreppe hoch und schrie aus Leibeskräften: »Schorsch, wou steckstn? Schorsch! Schorsch, geb doch ä Antwort!«

Aber im ganzen Haus rührte sich nichts. Er durchkämmte es systematisch. Im Wohnzimmer hüpfte ein Wellensittisch aufgeregt in seinem Käfig hin und her, als er den Otto sah. In der Küche fing der Kühlschrankmotor an zu brummen, so daß er unwillkürlich zusammenzuckte. In der Speisekammer klirrten die Marmeladengläser auf ihrem wackeligen Regal. Der Otto ging die Treppe zum ersten Stock hoch. Im Bad tropte ein Wasserhahn. Die Tür zum Zimmer daneben war verschlossen. Mit einem Ruck drehte er den Schlüssel herum. Es war das Schlafzimmer. Sein Kumpel lag wie zum Ausgehen angezogen auf dem Ehebett. Er machte einen ziemlich erschöpften Eindruck.

»Wos machstn du für Sachn?« fragte er ihn.

»Mei Frau hout mi eigsperrt. Gut, daßd kummer bist«, sagte der Schorsch mit einer Stimme, die so schwach war, als sei sie nicht mehr von dieser Welt.

»Eigsperrt?« fragte der Otto zurück: »Obber warum denn?«

»Dassi nimmer in ›Odler‹ gäih kann!« sagte der Schorsch.

»Warum bistn ned einfach zum Fenster nauskrabbelt?« fragte der Otto beharrlich weiter.

»Iich kann doch ned zum Fenster nauskrabbeln und vom erschtn Stock runterspringer, dou wäri doch sofort hii gween. Vier Tooch binni etz scho dou herin! Wenn du ned kummer wärst, wäri wohrscheinli draffganger. Däi hout mer ja ned ämall wos zum Essen reitou. Blouß ä Wasser houts mer reigstellt, wenni gschloufn hou«, sagte der Schorsch ganz kleinlaut.

»Etz moußt mer obber ann ausgehm, woui der es Lehm grett hou«, sagte der Otto.

»Nou moußt mi obber in ›Odler‹ troong. Iich fühl mi su schlapp. Vier Tooch ohne Bier. Des hält doch der stärkste Elefant ned aus. Iich glaub, iich kann ned ämall mehr laufm«, stöhnte der Schorsch und ließ seinen Kopf auf das Paradekissen seines Ehebettes fallen.

## Kreuzworträtsel

*Ein MANN sitzt auf einer Bank und starrt vor sich hin. Ein SANDLER kommt, stellt seine Plastiktüten ab und zieht eine Illustrierte heraus.*

SANDLER Iich kumm langsam nimmer nouch. *Pause.* Wossi die Lait blouß denkn! *Pause.* Werfn Zeitunger mit Kreizworträtsel wech, wous nanni groutn hamm. *Pause.* Und an wen gäihts naus? *Pause.* An mir! *Pause.* Anner mouß ja routn! *Pause.* Wäi wemmer nix anders zu tou hätt! *Pause.* Weil die Lait zu faul senn, daß sis selber machn. Derbei is des ja gohr ned su schwer. Mit der Zeit gräicht mers scho raus. Blouß Zeit moumer si nehmer.

*Pause; der Mann ist genervt, rückt vom Sandler weg, der gerade eine Illustrierte aufschlägt.*

Bleims ner dou und helfens mer! *Pause; er liest vor* »Frauenname« – mit vier Buchstoom? *Pause.* Fängt scho widder gout oo! OLGA. Su hout mei Frau ghaaßn, und etz houts enn andern. Iich waaß gohr ned, wen ... Weils wechzoong is. Und iich waaß aa ned ämall, wouhii. Nerja, aa worscht! *Er muß lachen.* Hout Ihr Frau aa vier Buchstoom?

MANN Iich muß etz ...

SANDLER *rückt zu ihm hin* Wos is denn scho derbei, wenns mer soong, wäiviel Buchstoom Ihr Frau hout?

MANN *reagiert nicht.*

SANDLER Des wär scho ä Zufall, wenn däi aa vier Buchstoom hätt. Ä Frau mit zwaa Buchstoom gibts ned. Drei is es Mindeste.

MANN Iich muß etz gäih.

SANDLER Wos is denn scho derbei, wenns mer des soong. Also, wäiviel? Drei odder mehr?

MANN Iich bin ned verheirert.

SANDLER Nerja, is ja scho worscht, nou schreibi halt OLGA nei. Vielleicht paßts. *Pause.* Hinterbliebene Ehefrau: Des is ä WITWE. Blouß vo die Weiber hamm sis dou in dem Kreuzworträtsl ... Es könnert ja aa saa, daß die Olga inzwischen Witwe is. Zu gönner wärserer ja. *Pause, liest* »Einbalsamierter Leichnam«. Wos is denn des etz widder? Fünf Buchstoom. Mir lichts aff der Zunger, obber maaners, daß iich des etz rausbringert?

MANN *hilft ihm* Mumie.

SANDLER Ja, genau, gwißt houis, obber draffkummer moumer! Ä Mumie, des is ja aa scho widder ä Frau ...

MANN *unterbricht* Des kann ä Moo aa saa.

SANDLER Naa, däi hamm ihr Leich einbalsamiern loun in die Pyramidn, gell, weils Angst ghabt hamm, daß sunst ned in Himmel kummer, obber iich will mi destweeng ned mit Innern streitn. *Pause.* Machmer läiber weiter: *er liest* »Wohnraum«, eins, zwei, drei, vier, fünf, sechs Buchstoom.

MANN Zimmer.

SANDLER Houi aa ned. Ä Frau houi ned, ä Zimmer houi ned. Und etz kummt nu wos! Wäi sacht mer? Aller guten Dinge senn drei. *Pause.* Iich hou ka Frau, iich hou ka Wohnung. Und iich hou ka ... Des derroutn Sie nie, wos des is! Des hout aa sechs Buchstoom.

MANN Arbeit.

SANDLER Sichtmer des, dassi kanne hou? *Pause.* Und derbei houi mall des Geld blouß äsu gschefflt! Unter der Wochn wohri im Gschäft und am Samstooch houi schwarz gerrberrt. Dou houi mer vielleicht ä schäins pohr Märkler derzouverdäint! *Pause.* Iich wär ja aa bläid gween, wenni des ned gmacht hätt, wous doch alle gmacht hamm! *Pause.* Wissens, wos iich wohr? *Pause.* Schauers ämall mei Händ oo? *Er zeigt sie ihm.*

MANN Gärtner?

SANDLER *lacht* Schau iich su aus? Naa, dou kummer Sie nie draff. Nie im Lehm.

MANN Wäiviel Buchstoom?

SANDLER *zählt mit den Fingern bis zwölf* Zwölf. Genau es Doppelte vo sechs.

*Lange Pause.*

MANN Iich kumm ned draff.

SANDLER Fliesenleger. Zähln Sie nouch. Des senn genau zwölf Buchstoom. *Pause.* Sechzg Mark houi in der Stund ghabt. Des moumer etz drei Tooch lang langer ... Iich könnert im Geld schwimmer, wenni wollert! Obber iich bin doch ned bläid und errberr. Für wen denn? Iich leb ja su aa.

MANN *steht auf* Iich muß etz dann ...

SANDLER Iich bin nanni ferti: Sie wollmer doch helfn! *Er zeigt ihm die Zeitung.* Wissens, wos desmall zu gewinner gibt? Dou stäihts: ä »Luftsprudelbad VITAL«. Des könners dann an die Zeitung eischickn. Wos tou denn iich damiit, iich hou doch ka Bood! Dou bitte, schauers her: »ein richtiges Fitneß-Center für Ihre Badewanne ... Ganzkörpermassagen ... bis zu 1400 Liter vorgewärmte Luft strömt durch die Strudelmatte ... Entspannung von Kopf bis Fuß.« Wär des nix? Sie hamm doch ä Boodwanner. Iich wollt, iich hätt aa ä Boodwanner. *Pause.* Wos iich Bäder gfliest hou, und etz houi ned ämall anns!

MANN Entschuldigens, obber iich mou etz ...

SANDLER *liest vor* »Lösen Sie bitte das Preisrätsel und tragen Sie die Buchstaben aus den Feldern 1 bis 15 unten in die dafür vorgesehenen Kästchen ein.«

MANN Iich muß etz werkli ... iich ...

SANDLER Und des moumer dann eischickn. Obber bis wenn? Wou stäihtn des? Ach, dou untn, ganz klaa. 5. Mai 1992. Schood, scho vorbei. Obber routen demmers trotzdem. Wenni ämall ä Kreuzworträtsel oogfangt hou, rout is aa ferti. *Pause.* Iich koo affn Toud ned leidn, wenni in däi altn Zeitunger Kreizworträtsel find, wou nanni fertichgroutn senn. *Pause.* Und dann is aa nu meistens die Hälft dervoo falsch! Wossi die Lait blouß derbei denkn! *Pause.* Und iich derfs dann routn. *Pause; liest* »Zukunftsglaube«. Ä ganzer haffn Buchstoom.

MANN Optimismus. *Nun bricht aus ihm heraus, was sich in ihm angestaut hat.* Iich bin ... inn ganzn Tooch rumglaufn, weili nimmer weiter waaß und etz sitzi dou ... und überlech ... und dann kummer Sie ...

hocken si her ... obwohls säing, daß iich dousitz ... und dann fangers mit Ihre ... Kreizworträtsel dou oo ... »Zukunftsglaube« ... Für miich gibts ... ka Zukunft mehr ... Säing Sie denn ned, dassi ... mei Rouh hoom will. *laut* Iich will allaans saa! *Pause.* Iich waaß überhaupt nix mehr! Und Sie ...

SANDLER Iich koo fei nix derfür, wenn Sie ... Iich koo ja ned wissn, daß Sie ... Etz bins iich widder! Iich koo doch ned in Sie neischauer!

MANN Gestern houts gsacht, daß allers aus is.

SANDLER Des kenni. Su houts bei mir aa oogfangt! *Pause.* Und etz hocki dou und rout Kreizworträtsel. *Pause.* In jeder Zeitung is anns drin. Iich kumm gohr nimmer dermiit nouch. *Pause.* Mach mer weiter! *Er liest*: »Schilderung friedlichen Lebens«.

MANN *schluckt, aber dann* Idylle.

SANDLER Wäi schreibt mer des?

MANN *buchstabiert* Idylle.

## Zweikampf

*Zweikampf I*

MANN Wos hastn etz scho widder?
FRAU Nix.
MANN Des gibts doch ned, daßd nix hast! Du hast doch wos!
FRAU Naa, werkli ned. Iich hou nix.
MANN Obber des sicht mer doch, daßd wos hast!
FRAU Dir gfallerts wuhl, wenni wos hätt?
MANN Naa, iich hou blouß gmaant, du hast wos! *Pause.* Mer werd doch nu froung derfn.
FRAU Iich waaß scho, daßd mi loushoom willst!
MANN Etz gäiht des scho widder lous!
FRAU Sooch doch ämall selber, wer hout oogfangt?
MANN Wos du blouß immer hast!

*Zweikampf II*

MANN Und?
FRAU Wos, und?
MANN Iich maan, worüber red mer denn etz?
FRAU Dir werd scho wos eifalln.
MANN Du kannst doch aa ämall wos soong.
FRAU Du redst doch scho die ganz Zeit.
MANN Wos solln etz des scho widder haßn?
FRAU Nix. Iich sooch ja blouß, wäis is. Su is doch!
MANN Wenn der des ned paßt, wossi derzähl, dann soochi halt nix mehr.
FRAU Dou dervoo houi kein Wort gsacht. Iich horch der immer gern zou.
MANN Joo, zouhorng toust, obber soong toust nix – *Pause* – weils der worscht is, wossi sooch. Hätti doch läiber nix gsacht!
FRAU Also suwos! Du, du dräihst amm doch es Wort im Maul rum! Iich kann di doch ned unterbrechn, wennst wos derzählst, sunst haßts gleich widder, iich

lou di ned zu Wort kummer. Wos bleibt mer denn anders übri wäi zouhorng?

MANN Etz waaßi, wossi zu tou hou!

FRAU Mehr wäi zouhorng kanni ned!

MANN Iich derzähl der in Zukunft überhaupts nix mehr! *Pause.* Läiber schweichi doch!

FRAU Des möchti säing, wou du ned schweing kannst!

MANN Also gut, du hasters ja so gwollt, etz soochi nix mehr! Er schweigt krampfhaft.

FRAU Etz isser eigschnappt! *Pause.* Wecher jedn klann bißler is der glei eigschnappt! *Pause.* Etz spielter die beleidichte Leberworscht! *Pause.* Obber iich waaß genau, wos dem etz im Kupf rumgäiht! *Pause.* Iich waaß genau, wos du denkst! *Pause.* Iich waaß sugohr, wos du etz soong willst! Obber soochs läiber ned! *Pause.* Und außerdem lou iich miich ned beleidichn! *Pause.* Und vo dir scho glei gohr ned! Blouß, daßders waßt! *Pause.* Etz touter widder mall su, wäi wenner schweing dennert. Derbei waaßi doch genau, wos in deim Kupf vuurgäih tout! Du möcherst mer doch am läibstn blouß aa Gemeinheit nach der andern an Kupf werfn! *Pause.* Du moußt doch jedn Aungblick platzn? *Pause.* Des kann doch gohr nimmer lang dauern und du explodierst? *Pause.* Iich kanns ja derwaddn, bist platzn toust! *Lange Pause.* So, wos is? Platzt ned glei? *Lange Pause.* So, so, hait touter also widder ä weng schweing, mei Moo! *Pause.* Schweich di ner aus! *Pause.* Dou kanni doch blouß lachn! *Sie lacht. Lange Pause.* Ach, gäih zou, sei doch ned su! *Sie lächelt ihn an.* Lach halt wenigstens ä weng, wennst scho schweing toust! Gäih zou, lach halt! *Pause.* Wart ner, du werst glei lachn! *Pause.* Iich hou di ja nu jedesmall zum Lachn bracht! *Sie zieht eine Grimasse. Der Mann verbeißt sich das Lachen. Sie reizt ihn weiter, gibt aber dann plötzlich auf, wird wütend.* Du maanst wull, du kannst mer dou dermit imponiern, wennst dou stäihst und nix sachst! *Pause.* Suwos Sturs! *Pause.* Nerja, du redst scho widder! Du kummst scho widder

zu mir, wennst wos brauchst! *Pause.* Des hältst du ned lang aus! Du ned! *Pause.* Iich kann schweing, obber du ned! *Pause.* Du hast nu jedesmall widder zum Redn oogfangt! *Pause.* Es letzte Mall hasters ned ämall zwaa Tooch ausghaltn! Zwaa Tooch! Des dauert bei mir scho ä bißler länger, wenni ämall nix sooch! *Pause.* Gut, du hasters ja su gwollt! Wennsters su hoom willst, nou is mer aa reecht! Nou soochi halt aa nix mehr zu dir! *Pause.* Obber dann kumm joo ned glaufn und sooch wos! *Pause.* Weil: Dann schweich iich aa! *Pause.* Dir moumers su machn, wennsters su hoom willst. *Pause.*
Iich halt etz aa mei Goschn! *Pause.* Obber du werst auf jedn Fall in Kürzern zäing, weil iich kann schweing! Des waßt! *Pause.* Du brauchst mi gohr ned su bläid ooschauer! *Der Mann dreht sich demonstrativ zur Seite.* Läiber beißi mer doch nu die Zunger oo, als dassi zu dir nu wos sooch! Wecher mir kanns lousgäih! *Sie dreht sich ebenfalls zur Seite, schweigt demonstrativ.*

## *Zweikampf III*

*Ein Ehepaar befindet sich im »Schweige-Krieg«. Der Dialog läßt ihre innersten Gedanken laut werden. Der MANN kommt gerade, mit einer Flasche Bier in der Hand, ins Wohnzimmer.*

FRAU Etz is doch erscht halber achter. Normolerweis holter si sei Bier doch erscht nach der Tagesschau. Der kanns wuhl nimmer derwartn, glabsters! Des macht der blouß, dermiiter mi recht gscheit ärchern koo!

MANN Wenn Blicke tötn könnertn! Schaut däi miich vielleicht bläiid oo! Der paßt des wuhl ned, wenni scho vuur der Tagesschau ä wengern Dorscht hou! Obber etz trinkis erscht recht!

FRAU Iich hou ja nix dergeeng, wenner ohmds ä Bier trinkn tout. Blouß eiteiln mouer sis. Obber wenner sis scho ummer halber achter holt, nou houters ja um achter scho trunkn!

MANN *trinkt genüßlich den ersten Schluck Bier* Paß auf, des dauert etz nimmer lang, und sie reißt ihr Maul auf. Däi soll doch blouß ned äsu tou, wäi wenns däi Fernsehzeitung lesn tout! Iich merk genau, daß däi miich beobacht!

FRAU Wenn der maant, daß iich etz wos zu imm sooch, nou houter si taischt! Drei Tooch soochi etz scho nix mehr zu imm! Drei ganze Tooch! Iich werr doch ned wecher dem Bier dou zum Redn oofanger! Etz moochi erscht recht ned!

MANN Däi waaß ja vuur lauter Langerweil nimmer, wos tou soll! Etz beißts scho widder mall aff ihre Fingernägel rum, obwuhls genau waaß, dassi des ned leidn koo! Däi soll halt ämall zum Dokter gäih, wenns su nervös is und sie ä pohr Beruhichungstablettn verschreim loun.

FRAU Iich mach ä Wett, der hout däi Schubloodn in der Küchn widder ned zougmacht, wou der Flaschnöffner drin is. Jedesmall, wenn der ä Schubloodn aufmacht, läßters offn, daß iich widder zoumachn koo. *Sie steht auf.* Am läibstn gängerti naus und schauert nouch!

MANN Etz gäihts bestimmt in die Küchn naus und schaut nouch, obbi die Schnapsflschn im Kühlschrank oogrührt hou ...

FRAU *überlegt es sich anders, geht zum Wohnzimmerschrank, holt sich einen Kugelschreiber* Obber den Gfalln toui dem ned! Iich sooch nix zu dem. Läiber routi doch des Kreizworträtsel in der Fernsehzeitung, nou brachi wenigstens nix zu imm soong. *Sie setzt sich wieder, nimmt sich wieder die Fernsehzeitung vor.*

MANN Sooch blouß, däi rät etz des Kreizworträtsel! Des macht däi ja blouß mit Fleiß, weil des mei Kreizworträtsel is!

FRAU Schaut der miich vielleicht giftich oo! Wenn Blicke tötn könnertn!

MANN Däi will mi hait ohmd scheinbor blouß in anner Tour ärchern! Däi hout doch nu nie ä Kreizworträtsel fertichbracht. Sechs, siebm Dinger gräichts raus, nou gibts sis widder auf, weils ka Geduld hout! Däi is ehm viel zu nervös zum Routn!

FRAU Etz werder glei wos soong, weil des sei Kreizworträtsel is! Dou kanni etz draff wartn ...

MANN Wenn däi etz maant, dasserer beim Routn helfn tou, nou hout sersi brennt. Däi soll läiber mei Husn flickn! Vuurgestern houis affn Hocker im Schloufzimmer glecht, woui immer des Zeich hiilech, wos zum Flickn is, obber gmacht hout sis bis hait nu ned! Däi Husn licht nu genausu dort, wäi is hiiglecht hou! Dou könnt iich eine Wout gräing! Vielleicht hätterer enn Zettl hiileeng solln, daß inn Reißverschluß flickn soll, obber immer wenn iich der enn Zettl schreim tou, nou maants, iich red widder miterer! *Pause.* Dou draff kanni dessmall verzichtn! Nerja, iich hou ja aa nu andre Husn!

FRAU Iich möcht blouß wissn, wos grood in dem sein Kupf vuurgäih tout! Iich glaub, der is vollkommen fertich! Des is dem wos Args, wenni ämall nix zu imm sooch! Dou läfft der doch rum wäi bläid, obber Strofe mou saa! Hätter am Samstooch ned su gsuffm!

MANN Bin iich frouh, dassi ämall ä pohr Tooch vo der mein Rouh hou! Des is die reinste Wohltot! Däi meckert ja suwisu blous oondauernd an mir rum, wenns es Maul aufmachn tout!

FRAU Mir macht des ja ned suviel aus, wenner nix zu mir sacht, obber imm. Wer waaß, wäi der im Gschäft rumlaufn tout! Dou werder bestimmt sei Wout an die andern ausloun! Derbei brachter si ja blouß bei mir entschuldichn, nou wär ja allers widder in Ordnung. Mehr verlangi doch gohr ned!

MANN Wenn däi maant, daß iich desmall nouchgeb, nou hout sersi taischt! Iich hou die ganze Zeit nix wäi nouchgem, obber dessmall gebi ned nouch! Und wenni verzeä Tooch nix mehr zu ihr sooch! Andre Männer lassertn si suwos ned gfalln. Blouß weili am

Samstooch ämall ä wenger Bier trunkn hou! *Pause.* An die Schnapsflaschn im Kühlschrank houts ja aa scho widder Strichler hiigmolt, daß merkt, wäiviel dassi trink. Däi kanns einfach ned lassn! Oondauernd mou däi ann kontrolliern! Wenn däi wissert, dassi ä Schnapsflaschn im Keller versteckt hou! Obber des gräicht däi ja nie im Lehm raus! Dou kanns dessmall soung, bis schwarz werd!

FRAU Ob der sich scho widder enn Schnaps versteckt hout! Morng, wenner widder in seim Gschäft is, werd allers ausgsoucht! Iich gräich des scho raus. Iich hou des doch jedesmall rausgräicht, wou der sein Schnaps versteckt hout. Des wär doch glacht!

MANN Iich glaub, däi is fix und fertich, weili nix zu ihr sooch! Inn ganzn Tooch telefonierts in der Weltgschicht ummernander und ruft Lait oo, däi woumer scho seit ewich und drei Tooch nimmer gsäing hamm, blouß dermiits mit amm redn koo. Wos däi dennern blouß allers zu soong hout? Suviel kammer ja gohr ned soong! Dou werri vielleicht ä gsalzne Telefonrechnung gräing! Ich zohl ja allers ...

FRAU Fünf Minuttn gebin nu, nou machter bestimmt sei Maul auf! Wäi der dorthockt – wäier Heifler Unglück!

MANN Weit is ja ned kummer mit ihrm Kreizworträtsel! Etz blätterts scho widder in derer Zeitung rum. Däi mouß ja ball auswendi könner. Joo, joo, es hout ja allers im Lehm seine zwaa Seitn! Iich kann ja werkli frouh saa, dassi ämall mein Rouh hou. Suer Rouh wohr doch dou herin nu nie. Däi Rouh moumer aa ämall genießn. Am läibstn schennerti mer nuer Schnäpsler ei. Weil des gohr su schäi is. *Pause.* Naa, läiber nedd! An der Flaschn senn ja Strichler droo. Und in Keller gäihi aa ned nunter, sunst kummts mer blouß nu draff!

FRAU Der schaut ja werkli wäi is Leidn Christi aus, obber aff dem seine Nervn brachi ka Rüchsicht nehmer. Der nimmt aff miich aa ka Rücksicht! *Pause.* Etz houter scho widder sei Bier ausgsuffm, obber wenn der maant, dassi si hait nu anns holn koo, dann ... Soller si doch anns holn! Mir is doch scho allers worscht. Iich bin doch ned dem sei Kindermaadler! Der is doch alt gnouch! Des mou doch der langsam selber wissn, daßn der Dokter inn Alkohol verbotn hout! Obber iich pfleg nern nimmer, wenner widder wos hout. Nou soller gleich ins Kranknhaus gäih!

MANN Etz werd gleich die Tagesschau drookummer, obber hait machi inn Fernseher ned auf! Sollsn doch selber aufmachn. Mir is hait ned nouch Fernsehn. Iich gäih dann gleich in mei Bett. Iich schlouf suwisu gleich immer nacherer Vertlstund ei.

FRAU Wäiviel Uhr is denn eingli scho? Wos scho fünf Minuttn vuur achter? Der macht wuhl hait ned ämall inn Fernseher auf? Der spinnt wuhl! Sunst machter doch immer fünf Minuttn vuur achter inn Fernseher auf. *Pause.* Iich glaub, des macht der hait mit Fleiß ned, dassi ka Oonsprooch hou! *Pause.* Der gönnt mer ned ämall, dassi ä weng Fernsäing schau, dassi aff andre Gedankn kumm! Obber er mou sei Bier hoom!

MANN Däi ärchert si vielleicht, dassi in Fernseher ned aufmach! Wou däi su fernsehsüchtich is! Etz werds glei wos soong, obber des moumer ja su machn. Strofe mou saa.

FRAU Suwos Gemeins! Macht der ned ämall inn Fernsehr auf! Wos kann denn der arme Fernseher derfür, dassi nix zu imm sooch. Des houter si ganz schlau ausdenkt, obber wenn der schlau is, dann bin iich nu viel schlauer! Iich sooch nix zu imm! Iich ned! Iich koos derwartn, bis der wos zu mir sacht! So, und etz gäihi in mei Bett! *Sie steht auf, geht.* Obber die Tür kanni scho ä weng zouhauer! Der soll ruhich merkn, daß mer des ned paßt, dasser inn Fernseher ned eigschaltn hout! *Sie haut die Tür zu.*

*Zweikampf IV*

FRAU Du brauchst mi gohr ned su oogrinsn! *Pause.* Maanst, iich siich des ned, wäi du miich die ganze Zeit oogrinst?

MANN Du redst widder mit mir?

FRAU Dir werd es Grinsn scho vergäih.

MANN Du redst widder mit mir?

FRAU Wart blouß, bissi der gsacht hou, wossi der zu soong hou.

MANN Etz senn ja ned ämall zwaa Tooch rum, zwaa jämmerliche Tooch, und du redst scho widder mit mir?

FRAU Dir werd es Grinsn scho nu vergäih, des versprechi der!

MANN Des is obber dessmall ä ganz, ganz schwache Leistung.

FRAU Des is mir worscht, wos des is!

MANN Du wolltst ä ganze Wochn durchhaltn. Ä ganze Wochn wolltst nimmer mit mir redn, und etz machst scho nach zwaa Tooch widder schlapp. Zwaa Tooch senn doch gohr nix. Schwach kanni dou blouß soong.

FRAU Wos mannst, wos iich allers zu dir soong koo!

MANN Es letzte Mall hasters wenigstens aff vier Tooch bracht.

FRAU Wenni wollert, halterti scho nu drei Tooch durch, obber je äiher, dassi der sooch, wossi zu soong hou, desto besser.

MANN Maanst? Daß di fei ned taischt!

FRAU Iich taisch mi ned.

MANN Zwaa Tooch, des is ja gohr nix. Iich hou gmaant, daßd endli ämall dein eichner Rekord vo vier Tooch ä weng überbietn toust, obber naa, etz machts nach zwaa Tooch scho schlapp. *Pause.* Waßters nu, kurz vuur Weihnachtn wohrs, dou wolltst glei verzeä Tooch nix zu mir soong, und nou hasters scho nach anderthalb Tooch nimmer ausghaltn. *Er lacht.*

FRAU Des wohr ja aa ä Ausnohmer. Iich kann doch an Weihnachtn ned mit dir streitn.

MANN Du kannst doch immer streitn.

FRAU Des licht ned an mir, wemmer streitn, des licht an dir.

MANN Maanst? *Pause.* Obber kaum wohr Weihnachtn vorbei, is widder lousganger.

FRAU Hättst däi Flaschn Cognac ned gsuffn!

MANN Däi hout mer doch der Rolf extra miitbracht.

FRAU Iich hounern ja aa gscheit gschimpft, dasser der enn Cognac miitbracht hout, wou dei Leberwerte zu der Zeit nanni in Oddnung wohrn.

MANN Dou bringt mer mei Bou ä Flaschn Cognac miit. Des wohr fei sugohr ä gouter, ä echter französischer mit drei Stern glei, und dann derfert mern ned ämall trinkn.

FRAU Obber ned su schnell.

MANN Su schnell houi den doch gohr ned trunkn.

FRAU Am Heilichn Ohmd hast oogfangt, und am zweitn Weihnachtsfeiertooch wohrer scho leer.

MANN Wos soll mer denn an Weihnachtn sunsd machn, wemmer die ganze Zeit blouß rumhockn mou und essn?

FRAU Hättst halt mit deim Boum ämall widder Schach gspielt.

MANN Der gwinnt doch immer.

FRAU Unterhaltn hättsti aa könner mit ihm.

MANN Wäi soll iich miich mit dem unterhalten, wenner die ganze Zeit Fernseh glotzt?

FRAU Soviel houter aa widder ned glotzt.

MANN Der hätt doch scho am läibstn in der Fräih den Kastn aufgmacht, wenn wos Gscheits drookummer wär.

FRAU Gaih zou, der Bou freit si halt aa, wenner ämall im Johr widder bei seine Eltern is.

MANN Gspannt binni ja, wenn der ämall heirert. Zeit werds ja langsam.

FRAU Der hout doch nu Zeit mit seine zwaaädreißg.

MANN Joo, wenner enn Computer heirertn könnert, nou wärerter scho längst verheirert.

FRAU Du bist ja blouß neidisch aff inn, weils der in seim Beruf zu wos bringer tout.

MANN Des hättst etz ned soong derfn. Allers, wos reecht is! Etz is aus! *Er schweigt. Stille.*

FRAU Gut, dann sachst halt nix mehr zu mir. *Pause.* Dann is halt Schluß. *Pause.* Des wär suwisu des best. Enn Schlußstrich zäing. Schluß machn, ein für allemal. *Pause.* Dann kannst schauer, wäist ohne miich zreechtkummst. *Pause.* Iich wart scho lang draff, daß ämall Schluß is. *Pause.* Weil su, wäi etz, kanns ja aa nimmer weitergäih. *Sie weint.*

MANN *bricht sein Schweigen, lacht* Genau desselbe hast es letzte Mall nach vier Tooch gsacht. Und etz sachsters scho nach zwaa. Des gäiht ja immer schneller bei dir.

FRAU Zäichs joo ned widder ins Lächerliche! Jedesmall, wenn iich dir wos sooch, zäichsters ins Lächerliche.

MANN Weilst mer du ja aa immer desselbe sachst. Des kenni doch scho in- und auswendi.

FRAU Du machst ja aa immer desselbe. Dir kammer soong, wos mer will, immer moußt du saufn! Saufn, saufn, nix wäi saufn!

MANN Wos kann denn iich derfür? Des is däi Hitz.

FRAU Ä dümmere Ausred fällter wuhl ned ei.

MANN Des ist die Hitz. Die Hitz vo der Gießerei. Wemmer sei ganz Lehm lang in derer Hitz gstandn is vo däi Öfn, nou kammer einfach ned anders, nou moumer wos gecher däi Hitz machn. Und wenns blouß trinkn is. *Pause.* Und außerdem kannst ja froh saa, wenni hin und widder mall zu meim Stammtisch gäih, nou hast wenigstens du ämall dein Rouh. Dann brauchi ja ned ämall ä Ohmdessn ...

FRAU Frouh solli dou saa, wennst jedsmall bsuffm hammkummst wäi ä Haubitzn?

MANN Jedsmall ned. Des stimmt ned.

FRAU Und wos wohr vuurgestern?

MANN Gäih zou, su schlimm wohr des doch gohr ned. Dou houi blouß ä Bier zuviel derwischt.

FRAU Und deine Leberwerte?

MANN Derfür houi ja dann die ganze Wochn kann Tropfm mehr oogrührt.

FRAU Des soll iich dir glaubm, woust nix zu mir sachst?

MANN Nou glaubsters halt ned!

FRAU *nähert sich ihm* Hauch mi ämall oo!

MANN *weicht zurück* Iich glaub, etz gäihts lous!

FRAU Hauch mi oo!

MANN Ich glaub, *er zögert* du hast ... du hasters nimmer alle bernander!

FRAU Du sollst mi oohaung!

MANN Du, wennst etz ned bald mit dem Bläidsinn aufhörst, nou können scho saa, daß mer die Händ ausrutscht, gell!

FRAU *läßt von ihm ab* Du werst halt ä schlechts Gwissn hoom.

MANN Iich und ä schlechts Gwissn? Iich hou mer nix zum Vuurwerfn!

FRAU Freili hast anns, weilst nach Schnaps stinkst.

MANN Iich stink ned nach Schnaps.

FRAU Warum hauchstn mi dann ned oo? *Sie nähert sich ihm wieder.*

MANN Also suwos! Dou hört si scho allers auf. Obber aa scho allers. *Pause; er weicht entschlossen zurück.* Enn Houstnbonbon houi grood gschnullt, weili ä wengern Houstn hou. Des is allers! Hast des denn ned gmerkt, daß iich enn Houstn hou? *Pause.* Dou bitte: Du kannst ja ämall räing, wennsti beruhicht. *Er haucht sie an.* Merksters etz, daß des ä Houstnbonbon wohr?

FRAU Des kannst deiner Großmutter derzähln, daß des ä Houstnbonbon wohr, obber mir ned ... Des wohr ä Schnaps.

MANN Es Beste is, iich fang glei widder oo und schweich. *Pause.* Su kummer scheinbor am bestn draus. *Er schweigt.*

FRAU Obber erst soochi der, wossi der zu soong hou.

MANN *kann nicht länger schweigen, muß lachen* Des werd wos saa. Wos kannst du mir scho zu soong hoom!

FRAU Zäichs joo ned widder ins Lächerliche. Dir werd es Lachn scho nu vergäih. *Sie fängt an zu weinen.* Iich koo di einfach nimmer säing.

MANN Des gibt si scho widder.

FRAU Des gibt si ehm nimmer. Des werd vo Mall zu Mall schlimmer. Vo amm Streit zum andern. Iich koo di einfach nimmer säing. *Pause.* Iich bin ja aa bläid, dassi immer widder aff diich reinfall. Immer widder denki, gäih zou, sei doch ned äsu. Probiers doch nummall mit imm. *Pause.* Und dann is jedesmall es gleiche Theooter widder vo vorn lousganger. *Pause.* Obber etz is Schluß! Etz mou endli ämall allers anders werrn!

MANN Sichst, des is ehm dei Fehler. *Pause.* Weilst dauernd willst, daß allers anders werd, bist blouß unzufriedn mit mir und hackst in anner Tour blouß aff mir rum.

FRAU Iich hack ned aff dir rum, iich warn di blouß, wos des für Folgn hout, wennst äsu weitermachst wäi etz!

MANN Iich hou keinen Tropfm trunkn. Seit zwaa Tooch keinen einzigen Tropfm. Wennst willst, kanni der ja däi Tütn zeing, wou däi Houstnbonbon drin wohrn.

FRAU *geht nicht darauf ein* Des aanziche, wos du kannst, seitst dei Rentn gräichst, is rumhockn. Inn ganz Tooch blouß faul rumhockn und bläid grinsn, wemmer wos sacht. *Pause.* Wos anders kannst du ned! *Pause.* Merkst du denn ned, daß du langsam innerlich verfaulst?

MANN Und du? *Er lacht.*

FRAU Dir werd des Lachn scho nu vergäih.

MANN Iich hou bis zu meim fünfersechzichstn Lehmsjohr gerrbert, obwuhli scho mit sechzg aufhörn hätt könner. Iich bin johrein johraus in derer Hitz vo der Gießerei gstandn. Du waßt ja ned, wäi haaß daß doudrin wohr, und etz waaßi blouß anns: Etz bringt mi su schnell nix mehr aus meim Sessl raus. Ned ämall du. Iich hou gerrberrt gnouch!

FRAU Iich gönn ders ja, daß ders dir ä weng schäi machst. Iich gönn ders. Obber andererseits waßt ja selber, daß des viele Hockn Gift für diich is. Denk an dein Kreislauf! Bewechung is alles, hout der Dokter gsacht.

MANN Iich waaß scho, wos für miich gout is.

FRAU Des waßt ehm ned. Sunst sauferst ned suviel!

MANN Des is däi Hitz. Iich mou immer nu gecher däi Hitz ookämpfn.

FRAU Ach, wos! Du kannst ja aa wos anders trinkn. Ä Minerolwasser zum Beispiel.

MANN Des moußt scho mir überlassn, wos iich trink!

FRAU Du trinkst ned, su saifst. Und wer saift, der verfault vo inner raus.

MANN So, etz langts mer obber! *wütend* Etz soochi ab sofort nix mehr zu dir. Su gäihts ned! *Er schweigt trotzig.*

FRAU Maanst, des stört mi, wennst nix mehr zu mir sachst? *Pause.* Des is mer sugohr läiber, denn aus deim Maul kummt ja suwisu nix Gscheits raus! *Pause.* Iich könnerts ja su schäi hoom. *Pause.* Ohne diich kummerti viel besser draus. *Pause.* Iich könnert fortfohrn und mir die Welt ooschauer. *Pause.* Iich hou ja gohr ned viel vo der Welt gsäing. Bis etz. *Pause.* Du willst ja immer ned wech. *Pause.* Seit du vo der Errberrt derhamm bist, houi nix mehr vo meim Lehm. *Pause.* Wäist nu gerrberrt hast, houi wenigstens hin und widder mall in die Stadt gäih könner, obber des kanni mehr etz nimmer erlaubm. *Pause.* Su schnell schaui nämli gohr ned, wäi du inn Supermarkt nüber gäihst und dir ä Flaschn Cognac holst. *Pause.* Iich möcht blouß wissn, woust immer es Geld derfür herhast? *Pause.* Wos mannst, warum der Rolf blouß nu an Weihnachtn zu uns kummt? *Pause.* Weiler di nimmer säing koo! *Pause.* Und iich kann di langsam aa nimmer säing. *Pause.* Es beste wär, iich zäichert nach Münchn zum Rolf nunter. *Pause.* Obber der hout ja kann Platz für sei Mutter in seiner Einzimmerwohnung. *Pause.* Iich bin ja bläid, dassi mi wecher dir überhaupts nu ootou. *Pause.* Am gscheitstn wärs, iich gängert auf und dervoo.

MANN *bricht sein Schweigen* Du hast doch kann, woust hiigäih koost. Mach der nix vuur. Der Rolf kann die ned braung in Münchn. Der hout seine Computer. *Er lacht.* Es aanziche, woust hiigäih koost, is es Obdachlosenasyl, weil dou jeder hiigäih koo.

FRAU *fängt an zu weinen* Iich soll ins Obdachlosenasyl, daß du diich toutsaufm kannst? *Pause.* Bist du gemein! Suwos Gemeins hout nu kanner zu mir gsacht!

MANN Und du? Wos hast denn du mir grood allers an Kupf gworfm?

FRAU Es könnert ja allers su schäi saa. *Pause.* Warum mäinern aa ausgrechnt mir uns es Lehm su schwermachn?

MANN Du machsters schwer, weilst mi dauernd ändern willst. *Pause.* Iich bin su, wäi i bin, und su bleibi. *Pause.* Wenn gäihtn des endli ämall in dei Hirn nei?

FRAU Obber suviel saufm braucherst ned. Denk doch aa ämall an miich. Lang werds nimmer dauern, und iich stäih allaans dou. Des kannst mer doch ned ootou. Dei Sauferei is doch der reinste Egoismus. Du denkst blouß an diich selber.

MANN Und du?

FRAU Wos anders bringst wuhl hait nimmer raus: »Und du? Und du?«

MANN Wos sollinn sunst soong?

FRAU Und dann nu dei ewiche Grinserei! Grinsn und hockn, des kannst.

MANN Etz derfst obber langsam widder aufhörn!

FRAU Iich denk ja gohr ned droo! *Pause.* Du waßt genau, wäi miich däi ewiche Grinserei aufrecht!

MANN Dei Schuld, wennsti aufrechst. Wenn iich miich über allers aufrechert, wos du sachst und machst, nou kummerti ausm Aufreng erscht gohr nimmer raus.

FRAU Etz grinst ja scho widder! Kaum sacht mer wos, fängter scho widder oo. *Pause.* Hörst etz endli auf!

MANN Schau halt wech!

FRAU Du sollst aufhörn zu grinsn! Iich kann des einfach nimmer säing. Du hockst und grinst. Du grinst und hockst. *Pause.* Und lang werds nimmer dauern, und du verfaulst vo inner raus.

MANN Iich hou der grood scho gsacht, daßd langsam widder aufhörn kannst. *Pause.* Des maani fei ernst. *Pause.* Amall soochi des nu im Goutn, obber dann is Schluß!

FRAU Dou könnert iich su eine Wout gräing, wenn du douhockst und grinst, dou möcherti am läibstn ...

MANN Wos?

FRAU Nix.

MANN Wos möcherst am läibstn?

FRAU Nix. Iich soochs läiber ned.

MANN Tou der fei joo kann Zwang oo. Du kannst allers soong!

FRAU Iich waaß scho, wos du mit deiner ewichn Grinserei bezweckn willst ...

MANN Fängst scho widder oo! Wos houi der grood gsacht?

FRAU Du bezweckst wos dermiit. Des is, jawoll.

MANN Etz is Schluß, gell. Iich will mi blouß ausrouher, sunst nix. Iich bin mei Lehm lang gstandn und etz willi mi ausrouher. Suviel Sessel, wäi iich zum Ausrouher brauchert, gibts gohr net.

FRAU Naa, du willst ned ausrouher. Du willst wos bezweckn!

MANN So, etz langts!

FRAU Du willst mi fertimachn. Joo, genau, des willst. *Pause.* Du brauchst derbei gohr ned viel tou. Blouß hockn und grinsn.

MANN Dei Fehler is, daßd immer ned waßt, wennst aufhörn sollst. Hörst etz auf!

FRAU Du hockst und grinst und wartst, bissi eines Toochs nimmer kann und tout umfall ...

MANN Also ...

FRAU Vuurher gibst du kann Rouh!

MANN Sooch ämall, wos is mit amall mit dir lous?

FRAU Gell, etz binni der draufkummer, wos du mit deiner Rumhockerei bezweckn willst!

MANN Iich verstäih werkli nimmer, wosd maanst. Allers, wos reecht is!

FRAU Weil i der aff die Schlich kummer bin.

MANN Tout mer leid, dou kummi nimmer miit.

FRAU Du willst mi mit deiner Rumhockerei und mit deiner Grinserei langsam obber sicher ermordn.

MANN Mensch, Erna, du waßt ja nimmer, wosd redst!

FRAU Iich waaß genau, wossi red. Iich hou di durchschaut. *Pause.* Lang houi ja derzou braucht, obber etz houi di endli durchschaut. *Pause.* Du brauchster ned die Finger dreckert machn, naa, su einfach is des, sei Frau umzubringer. *Pause.* Saufn, grinsn, hockn. Mehr ghört gohr ned derzou. *Pause.* Su lang im Sessl hockn und draff wartn, bis der ander ... Nerja, vielleicht houis ja bald überstanden.

MANN Sooch ämall, wos is denn aff amall in diich gfohrn? *Pause.* Iich und diich umbringer, weili im Sessl hock ...

FRAU Du brauchst gohr ned su tou, wäi wenn des ned wohr wär. Du bist durchschaut.

MANN Naa, also, su gäihts ned.

FRAU Du brauchst gohr nix mehr zu mir soong.

MANN *mehr zu sich selber* Iich und ä Mörder? Blouß weili in mein Sessl ... Däi spinnt doch im häichstn Grood ... su gäihts einfach nimmer ... Iich loumer ja manches eigäih ... obber wos zuviel is, is zuviel ... Iich sooch etz nix mehr zu der, bevuur sersi ned bei mir entschuldicht ... su gäihts ned!

FRAU Iich und entschuldichn! Iich denk ja gohr ned droo! Du bist durchschaut!

MANN Gut, dann schweing mer halt ämall widder, wenn sis su will! *Pause; er wendet sich noch einmal an sie.* Obber dessmall bist du schuld droo!

*Schweigen.*

*Zweikampf V*

MANN *liest Zeitung* Lait gibt's. Dou hout doch ä Moo seiner Frau enn Striick ummern Hals gleecht, enn Kälberstriick, und nou houters wäi ä Kälbler hinter sich herzoong, ins Auto nei und nou isser mit ihr hamm zu sich gfohrn.

FRAU Wos is?

MANN *brüllt* Des stäiht dou in der Zeitung drin.

FRAU Iich hou kein Wort verstandn.

MANN Also Lait gibts, dou hout doch ä Moo seiner Frau enn Striick ummern Hals rumtou, waßt scho, suern Kälberstriick, wäinern die Bauern verwendn, und nou houters ins Auto neizerrt und is mit ihr hamm zu sich gfohrn.

FRAU Dou sicht mer, wouzou die Männer allers fähich senn!

MANN Es wär ja ned passiert, wenn sie ned su bläid geween wär und imm die Tür aufgmacht hätt.

FRAU Die Tür. Wos fürer Tür?

MANN Ner, die Tür vo ihrer Wohnung. Nachdem sersi vo imm trennt hout, hout sersi ä eichner Wohnung gnummer. Nerja, und eines Toochs isser zu ihrer Wohnung hiiganger und houts gfroucht, obsm ned sei Husn flickn koo. Wäi sersi buckt hout und sei Husn oogschaut hout, houterer ganz schnell ä Schlinger um ihrn Hals gleecht und nou houter zouzoong ...

FRAU Also, iich waaß ned. *Pause.* Wenni mi ämall vonnerm Mannsbild trennt hou, nou flickin doch ka Husn mehr ...

MANN Joo, und nou houterer droht, er derdrosselts, wenns ihr Scheidungsklage ned zrückzäing tout affm Gericht.

FRAU Also, wenn du miich ämall verlasserst, dann könnerst mi meinertweeng bitteln und betteln, obber dei Husn ...

MANN Etz hör doch mall mit der Husn auf!

FRAU Obber der hout doch zu ihr gsacht, sie sollnern sei Husn ...

MANN Um däi Husn gäihts doch ned. Des wohr doch blouß ä Trick. *Pause.* Und nou houters miterm fuchzg Zentimeter langer Buschmesser bedroht. Erscht der Kälberstriick und dann aa nu des Buschmesser ...

FRAU Iich hätt nern ned ämall zur Tür reiglassn. Des hout sersi doch denkn könner, wos der vuurghabt hout. Vonweeng Husn flickn!

MANN Hörst etz auf!

FRAU Naa, dou moußter dann scho jemand andern soung. Iich flicks ned.

MANN Solli etz weiterlesn, wos dou stäiht odder ned? *Pause.* Und dann houters gfesselt, wäi ä Paket houters verschnürt. Blouß die rechte Hand houterer freiglassn.

FRAU Warum die rechte? Wecherm Flickn?

MANN Du kapierst widder mall gohr nix! Daß unterschreibm koo!

FRAU Unterschreibm? Wos unterschreibm? Erscht solls flickn und dann ... Etz kummi obber nimmer miit.

MANN Ner, dassersi ned vo imm scheidn läßt.

FRAU Ach su.

MANN Und nou houters sechs Stundn lang festghaltn ...

FRAU Sechs Stundn! Und wos houter in däi sechs Stundn mit ihr gmacht?

MANN ... dou houter aff sie eigredt, daß unterschreibt. Wäi gsacht, ihr rechte Hand houter ja freiglassn. Und dann stäiht nu dou, daß dann dervooglaufm is.

FRAU Nou wohrs obber ned richti gfesselt.

MANN Ach ja, dou stäiht ja: »Als der Mann sich für einige Zeit aus dem Zimmer entfernte, gelang der Frau die Flucht.«

FRAU Des is widder mall typisch Zeitung. Immer schreibms blouß die Hälft. Dou brauchi doch ka Zeitung ned, wenns immer blouß die Hälft schreibm. Des is doch nix Halbs und nix Ganz.

MANN Kann iich vielleicht wos derfür, wenn ned mehr drinstäiht in dem Artikel?

FRAU Es nächste Mall lest mer fei suer Zeich nimmer vuur. Des reecht mi blouß auf. Iich hou ja wos Bessers zum Tou.

## *Zweikampf VI*

*Nacht. Ein MANN und eine FRAU liegen in den Ehebetten.*

FRAU Du brauchst gohr nix soong.
MANN Iich sooch doch nix.
FRAU Iich hou ganz daitli ghört, daßd wos gsacht hast.
MANN Iich hou obber nix gsacht, su wohr iich dou liich.
FRAU Daßdi fei ned taischt!
MANN Iich werr doch wissn, obbi wos gsacht hou odder ned!
FRAU Obber wennis ghört hou?
MANN Du kannst gohr nix ghört hoom, weili gohr nix gsacht hou! *Pause.* Du werst wos gsacht hoom, und nou hast gmaant, des bin iich.
FRAU Iich hou nix gsacht.
MANN Iich aa ned.
FRAU Du hast scho wos gsacht, sunst hättis ja ned ...
MANN Etz langts mer obber langsam ...
FRAU Sichsters, etz gibsters also doch zou.
MANN Iich geb gohr nix zou, weili nix gsacht hou. Du werst halt laut denkt hoom ...
FRAU Iich hou in meim ganzn Lehm nu nie laut denkt! Suweit kummts nu!
MANN Rech di doch ned su auf! Manchmall maant mer halt, mer hout wos ghört, obber in Wirklichkeit hout ned ämall anner wos gsacht. Des is amm blouß su vuurkummer, daß ...
FRAU Du willst wuhl dou dermiit soong, dassi nimmer alle bernander hou?
MANN Iich hou jedenfalls nix gsacht. Suviel is sicher.

*Schweigen.*

## Fortsetzung folgt

*Ein Kiosk, wo Zeitungen, Süßwaren und Spirituosen verkauft werden. Er gehört einer älteren DAME. Ein älterer HERR, der etwas abgebrannt ausschaut, aber nicht unbedingt ein Penner sein muß, betritt die Szene, nähert sich dem Kiosk.*

DAME Iich hou scho gwart.
HERR Hait hätti beinoh ned kummer könner.
DAME Des könners mer doch ned ootou.
HERR Wos kanni ned?
DAME Ner, daß ned kummer! *Sie gibt ihm ein Fläschchen Magenbitter.* Dou, dermits besser gäiht!
HERR Man dankt! *Er trinkt aus.* Besser gäihts nimmer, höchstens schlechter!
DAME Wohr irgendwos?
HERR Naa, nix. *Pause.* Außerdem houi Innern scho su oft gsacht ...
DAME *unterbricht ihn* Joo, iich waaß, Sie wolln mer partout nix über sich derzähln.
HERR Iich derzähl kamm Menschn wos über miich, weil des kann wos oogäih tout.
DAME Obber probiern touis immer widder! Vielleicht derzählns doch numall wos.
HERR Dou könners lang waddn!
DAME Daß Sie amm nix soong wolln! Des verstäihi einfach ned! Iich kanns ja aa für miich behaltn!
HERR Iich bin doch dou. Des langt!
DAME Hamm Sie denn ka Vertrauen zu mir?
HERR Vertrauen? *Pause.* Des houi blouß zu dem dou! *Er trinkt die letzten Tropfen Magenbitter genußvoll aus.* Und etz is ä Rouh, etz fanger mer oo!
DAME *gibt ihm eine Illustrierte* Dou, iich hous scho aufgschloong! *Pause.* Ihre Händ zittern ja scho widder!
HERR Des werrn Ihre Aung saa, wou dou zittern, drum könners ja aa nix mehr lesn! *Die Dame ignoriert die Bosheit.* Kanni ned hait ausnohmsweis numall ä Schnäpsler vuurher gräing?

DAME Naa, erscht die Errberrt, dann des Vergnügn.

HERR Also gut, nou schicki mi halt, daß schneller gäiht! *Pause; er vertieft sich in die Illustrierte.* Die Jugendliebe! *Pause.* Hört denn der Roman ned bald auf?

DAME Des is doch scho längst ä anderer! Dou merkt mer ämall widder, daß Sie überhaupts ned aufpassn, wos Sie vuurlesn.

HERR Dou is doch der aa su wäi der ander vo däi Romane!

DAME Lesens läiber! Ummer neuner kummer die Arbeiter und wolln ihr Bier zum Veschper!

HERR *fängt an zu lesen* Ich war gerade dabei, das schmutzige Mittagsgeschirr abzuwaschen ...

DAME Des fängt hait scho schäi oo. Des werd ä Krampf saa!

HERR *fährt fort* ... und ärgerte mich, wie immer, daß Horst kein Geld für einen Geschirrspüler herausrükken wollte ...

DAME *unterbricht ihn* Wos braucht däi ä Spülmaschiner derzou? Däi kann doch wos errberrn, wenns in ganz Tooch derhamm is!

HERR ... und statt dessen lieber auf ein neues Auto sparte ...

DAME Des braucherts obber aa ned, wenn es alte nu fohrn tout!

HERR ... so ein großes, schnelles und vor allem teures Modell, wie unsere Nachbarn es fuhren. Plötzlich klingelte es an der Haustür.

DAME Allmacht, um däi Zeit! Wer kannern des blouß saa?

HERR Horst ist, aber das werden Sie schon erraten haben, mein Mann, und ich liebe ihn sehr. *Pause.* Kanni Innern ned ämall enn Krimi vuurlesn! Mir gänger däi Liebesromane langsam aufd Nerven!

DAME Und iich brauch suwos – *mit Nachdruck* – für meine Nerven!

HERR Er ist beileibe kein Traummann!

DAME Des wohr meiner aa ned! Obber gout wohrer! Des ist die Hauptsach! Houi ned reecht?

HERR *liest schneller* Und ich kann mir nicht vorstellen, daß die Mädchen auf der Straße stehenbleiben und sich nach ihm umdrehen, aber ist das in gewisser Hinsicht nicht auch tröstlich? Ich jedenfalls ...

DAME Ned su schnell, iich kumm ja nimmer mit!

HERR *normal* Ich jedenfalls bin lieber mit meinem ganz und gar durchschnittlich aussehenden Horst verheiratet als mit so einem unwiderstehlich wirkenden Playboytyp, den man dauernd vor weiblicher Konkurrenz abschirmen muß.

DAME Mei Moo, der hätt ned ämall im Traum droo denkt, dasser ä andre ooschauer tout!

HERR Für mich ist Horst der beste Ehemann der Welt und ein treusorgender Familienvater obendrein.

DAME Genauso wohrs ba mir aa! Su solls ja aa saa!

HERR Kein Kommentar! Iich les blouß vuur! Pause. Ja, seit vier Jahren sind wir eine Familie, eine sehr kleine allerdings, denn wir haben nur ein Kind.

DAME Däi soll doch frouh saa! Iich hou vier Kinder großzäing mäin, wenni des vo meiner Schwester aa nu mitrechn! Und wos houin dervoo ghabt? Nix!

HERR Doch unser Thomas ist unser ganzer Stolz. Ein blonder Wuschelkopf, pausbäckig und kräftig, seinem Vater wie aus dem Gesicht geschnitten.

DAME Däi werd si nu wundern! Iich wohr aa stolz auf meine drei Boum, obber hait kümmert si kanner mehr um miich! Wenni den Kiosk dou ned hätt, nou wisserti ned, wäi i mit meiner Rentn drauskummer sollert! *Pause*. Joo, joo, obber su is! Iich gäih meiner Wech, däi gänger ihrer Wech! Mer soll si gohr ned su arch über seine Kinder freier! Aus den Augen, aus dem Sinn, haßts dou! *Pause*.

HERR Aus mir gräing Sie nix raus, und wenn sersi aufn Kupf stelln. *Pause*. Nach dem Mittagessen hatte seine kleine Freundin Tanja, die sechsjährige Tochter der Nachbarin ...

DAME Mit die Nachbarn fangert iich nix oo, wenn iich däi wär, des gibt doch blouß ä Streiterei! Am bestn is, wenn ä jeder für sich bleim tout!

HERR Also, wenn Sie miich ondauernd unterbrechn, dann werri hait ned bis zum Vesper ferti!

DAME Dou is nu lang hii!

HERR ... ihn abgeholt, und vom Fenster aus hatte ich gesehen, daß die beiden in der Garageneinfahrt spielten!

DAME Des is doch ka Spielplatz ned! Dou hätt iich kann Rouh als Mutter, wenn meine Kinder vuur der Garasch spielertn!

HERR Als es nun klingelte ...

DAME Wos, etz schellerts scho widder? Des hout doch grood erscht gschellert.

HERR Des hout ja aa blouß amall gschellert! Sie mäin halt aa ä weng aufpassn, wenni Innern wos vuurlesn tou!

DAME Entschuldigens.

HERR Als es nun klingelte, dachte ich, das ist sicher Thomas, denn ich war beim Weg in die Küche über seinen bunten Ball gestolpert ...

DAME Sichsters! Des kummt dervoo! Des hätts ba mir ned gebn! Der Rudi hout immer sei Spielwohr aufräumer mäin! Die Spielwohr hout innerer Küchn nix zum soung!

HERR ... den er vergessen hatte. Ich trocknete mir also schnell die Hände ab, ließ die Schürze umgebunden, hob den Ball auf und öffnete die Tür.

DAME Etz binni scho gspannt, wer des is!

HERR Mein Erstaunen, als nicht Thomas dortstand, sondern eine sehr schöne, attraktive und vor allem sehr elegant gekleidete Dame, ist schwer zu beschreiben. Sie schien überhaupt nicht in unsere Gegend zu passen, ein gutbürgerliches Wohnviertel im Norden Münchens. Sie machte vielmehr den Eindruck, als wäre eine dieser noblen und sündhaft teuren Villen am Starnberger See ihr Domizil ...

DAME Den houi aa nanni gsäing! Wos hou denn iich scho vo der Welt gsäing? Nix! Mei Moo is ja aa ned fortkummer! *Pause.* Wemmer bedenkt, wou die Lait haitzutooch überoll hiifohrn denner!

HERR Ich starrte sie an, und der Ball fiel mir aus den Händen.

DAME Warum houts denn aa nu den Scheiß-Ball in der Händ!

HERR Sie war eine Fremde für mich, und doch war mir ihr Gesicht, das sorgsame kosmetische Pflege verriet und bezaubernd wirkte durch ein dezentes Make-up, irgendwie vertraut. Woher kannte ich sie? Hatte ich sie schon einmal gesehen? »Sie sind Frau Breuer?«, fragte sie mit einem Lächeln, das fast zu schade war für einen dunklen Hausflur, das sich viel besser gemacht hätte auf dem Titelblatt einer Modezeitschrift.

DAME Däi soll ner halblang machn! Gohr su schäi werds aa ned saa!

HERR Ich nickte stumm, war immer noch wie erstarrt, und meine Gedanken überschlugen sich. Es war nicht nur die Faszination ihrer eleganten Erscheinung, die mich verwirrte, sondern die Frage, woher ich sie kannte, warum mir ihr Anblick so seltsam vertraut war ... »Ich bin Helga Dormann«, stellte sie sich vor. »Vielleicht hat Horst Ihnen schon einmal von mir erzählt?« Und auf einmal fiel es mir wie Schuppen von den Augen.

DAME Hout däi vielleicht lang braucht, bis dou draffkummer is! Iich werfert suer Weibsbild glei widder zu der Tür naus!

HERR Ja, ich kannte sie, obwohl ich ihr niemals begegnet war! Ihr Bild war es, das ich gesehen hatte, Fotografien von ihr, die Horst trotz unserer sechsjährigen Ehe wie einen kostbaren Schatz hütete!

DAME Nou is obber derer ihr Ehe nix wert! Wer waaß, wos dou etz nu allers rauskummer tout!

HERR Helga Dormann war seine Jugendliebe gewesen, das erste Mädchen, mit dem er, kaum der Pubertät entwachsen, gegangen war, wie man damals so sagte. Die mußte einen ungeheuren Eindruck auf ihn gemacht haben, und er hatte sie nie vergessen; aber das ist oft so, daß man den Menschen, mit dem man zum erstenmal die Liebe entdeckt, jahrelang, vielleicht sogar immer in der Erinnerung behält.

DAME Die erste Liebe, dou derfür hamm mir seinerzeit ka Zeit ghabt! Obber an Zitzmanns Schank moui nu manchesmall denkn! Dou wohri vielleicht ä su ä jungs Dingerler mit achzä, neinzä Jährler, und dou is mer doch immer der Zitzmanns Schank nouchgstiegn, obber iich hou nern blouß immer gärchert, den verrücktn Kerl! Iich hounern immer widder Hoffnunger gmacht, obber nou houin immer widder versetzt! Nerja, des wohr ja aa blouß Spaß! Suwos macht mer, wemmer jung und übermäiti is.

HERR Solli aufhörn?

DAME Naa, lesns weiter! Iich wollt Innern blouß soong, dassi hait manchesmall nu lachn mou, wenni an Zitzmanns Schank denk! Hou iich den ausgschmiert!

HERR Am Anfang unserer Ehe war ich mitunter sogar eifersüchtig auf diese Helga Dormann gewesen, obwohl sie Horst nicht mehr gefährlich werden konnte ...

DAME Des waaß mer nie! Dou wär iich obber an ihrer Stell ä weng vuursichti! Wäi oft hamm sie Lait nach zwanzg Johr widdergsäing, und dann ...

HERR Und nun stand sie plötzlich vor der Tür.

DAME Wäi lang denn nu?

HERR Aber ich war zu überrascht, um in ihr die Rivalin zu sehen, die meine Ehe mit Horst gefährden konnte! »Darf ich hereinkommen?« fragte sie. »Natürlich!« erwiderte ich rasch ...

DAME Sei doch ned su bläid! Werfs doch glei naus, des Luder, des hinterlistiche, däi hout doch wos vuur!

HERR Ich trat zur Seite, machte eine einladende Handbewegung, als sie an mir vorüberging, spürte ich den Duft ihres kostbaren Parfüms und wurde mir bewußt, daß ich höchstens nach Geschirrspülmittel und Essensresten roch!

DAME Dou brachsti doch ned schämer, Maadler, du errberrst wenigstens wos!

HERR Ich errötete, als ich an mir herabblickte und meine Erscheinung mit ihrem maßgeschneiderten Kostüm verglich ...

DAME Bist du bläid! Werfs doch naus, des Weibsbild!

HERR Ich band meine Schürze ab und war froh, daß ...

DAME Hörns auf! Iich hou gnouch ghört! Wos etz nu kummt, des willi gohr ned wissn! Des regt mi blouß auf! Und iich kann ka Aufregung ned vertrogn! *Pause.* Wäi kammer den blouß su bläid saa! Däi wills ja su hoom, daß ihr Moo widder wos mit derer oofängt! Däi wills ja su hoom! Ach, bist du bläid! Naa, es nächste Mall fanger mer enn andern Roman oo. Obber su ann nimmer! Solche Gschichtn reeng mi blouß auf! Wissens, dou will mer helfn und kann ned! Gäihts Innern ned aa su?

HERR Iich les blouß vuur.

DAME Naa, iich ärcher mi blouß, daß mer su bläid saa kann! Ä su ä Weibsbild kammer doch ned aa nu ins Haus reiloun!

HERR Solli weiterlesn?

DAME Naa, iich will etz nix mehr wissn!

HERR Des is doch langsam bei jedem Roman esselbe! Und wenni widder kumm, nou froungs mi, wäier ausganger is!

DAME Naa, des willi bei dem dou ned wissn! Des kanni mer scho denkn, wäi des ausgeht!

HERR Des soongs doch jedesmall!

DAME *gibt ihm ein zweites Fläschchen Magenbitter* Dou, fürs Vuurlesn! *Der Herr trinkt ihn gleich aus.* Wos machnsn hait?

HERR Etz gäiht des scho widder lous!

DAME Wenni ned ämall froung derf, wos machn.

HERR Sie froung doch jedn Tooch!

DAME Weili bis etz halt nu ka Antwort draff gräicht hou.

HERR Dou werrns aa nie ä Antwohrt draff gräing! *Pause.* Iich kumm widder um dieselbe Zeit! Wäi immer! *Pause.* Obber wossi vuurher und nouchher mach, des gäiht kann wos oo!

DAME Und wenni nu ä Johr wart, Sie derzähln mer scho nu eines Toochs, wos mit Innern lous is!

HERR Dou könners ewich waddn! *Pause.* Mei Lehm is einzich und allein mei Lehm, und dou dermit kanni machn, wossi will! Und des gäiht kann wos oo außer mir! Pause Dankschäi fürn Schnaps! Ade! *Er geht, läßt sie allein und geknickt zurück.*

## Mama

*1. Akt: »Suppm«*

Hock di her, Bou, enn goutn! Louders schmeckn, dei Suppm! Haaß is aa nimmer. Iich hous extra für diich ookühlt. Eß, sulangs nu warm is. Du brauchst etz wos Warms im Moong, woust inn ganzn Tooch in der Schul ghockt bist. Eß wos, nou werst wos!
*Pause.*
Warum ißtn ned? Däi is gout, däi Suppm. Iich hous aa gessn. Hobb, zier di nimmer und haus raus!
*Pause.*
Du moußt wos essn, woust mittn unterm Wachsn bist. Fünf Zentimeter in fünf Wochn! Wou wächstn du nu hii, Kerl, wennst äsu weitermachst? Dou moumer einfach wos essn. Odder du willst wuhl ned grouß und stark werrn?
*Pause.*
Wos stierstn su in deim Teller rum? Eine Esserei machst du vielleich zamm! Dir kammer werkli ned zouschauer bamm Essn. Wäi kammer si blouß su ziern?
*Pause.*
Dir schmeckts wuhl ned? Däi is gout, däi Suppm! Des is fei ä Rindssuppm. Iich hou extra enn Markknochn für diich neikocht, daßd widder zu Kräftn kummst mit deiner Wachserei!
*Pause.*
Iich maan, des is ja schäi, daßd wächst, obber destweeng brauchst doch affs Essn ned verzichtn. Etz moußt erscht reecht neihauer. Weil: Wennst etz nix ißt, hörst auf zu wachsn.
*Pause.*
Des is bei die Blummer esselbe ... Wennsters ned gäißt, gängers ei.
*Pause.*
Obber anns soochi der: Wennst däi Suppm etz ned aufißt, nou gräichst bis hait ohmd nix mehr vo mir, nou merkst ämall, wäi des is, wemmä Hunger hout.

*Pause.*
Iich red etz nimmer in diich nei, iich denk ja gohr ned droo!
*Pause.*
Wensters etz ned aufißt, wärmi ders hait ohmd nummall auf. Wennst maanst, daßd hait ohmd wos anders gräichst, hasti taischt. Wos anders gibts hait ned!
*Pause.*
Es werd gessn, wos affn Tiisch kummt. Wou kummert mer denn dou nu hii, wenn jeder blouß des essn wollert, wosm schmeckert?
*Pause.*
Suer goute Suppm gräichst su schnell nimmer. Wos maanst, wos in suerm Markknochn fürer Kraft drinsteckt?
*Pause.*
Du willst wuhl ewich suer Krischperler bleibm? Ä suer zaundürrer Frecker, bei dem woumer alle Rippm sicht?
*Lange Pause.*
Es is gohr ned su lang her, dou wär mer frouh gween, wemmer suviel zum Essn ghabt hättn wäi du. Dou hätt mer ned lang gfroucht, dou hout mer einfach allers gessn, wos mer gräicht hout, wemmer überhaupts wos gräicht hout.
*Pause.*
Dir gäihts einfach viel zu gout, und weils der zu gout gäiht, maanst, du brauchst nix essn. Joo, naschn, des kannst, obber wos Richtichs, naa! Du gräichst vo mir nix mehr zum Naschn, bist richti ißt.
*Pause.*
Glaubsters, dir kammer werkli ned zouschaucr bamm Essn.
*Pause.*
Etz is dei Suppm bestimmt kalt. Obber du bist ja aa selber schuld. Hästers gessn, sulangs warm wohr. Etz moußters kalt essn!
*Lange Pause.*
Am läibstn hauerti di vom Tiisch wech! Suwos Eignsinnichs! Dou könnert iich eine Wout gräing!

*Pause.*
Ach, gäih, sei doch ned äsu, Bou!
*Pause.*
Mach dei Aung zou und schlucks einfach nunter, dei Suppm! Ä pohr Löffl und du hasters gschafft.
*Pause.*
Wecher ä pohr su Löffeller moochi mi doch gohr ned aufreeng.
*Pause.*
Du werst doch ned su bläid saa und nu wos im Teller loun?
*Pause.*
Des koost doch deiner Mama ned ootou!
*Pause.*
So, und etz, Aung zou und nunter dermiit! Enn Löffl für die Oma, ann fürn Opa, ann fürn Papa ...
*Pause.*
Wart, ned, wenn der hait ohmd hammkummt und hört, daßd dei Suppm ned aufgessn hast.
*Pause.*
Su loui mers eigäih. Jawoll! So, und etz nu emnn Löffl für dei Mama. Du werst doch nu enn Löffl für die Mama nunterbringer? Einen Löffl! Mehr verlangt dei Mama doch gohr ned vo dir!
*Pause.*
Und dann nu ann für die Oma, wou däi di su gern hout.
*Pause.*
Sichsters, iich soochs ja. Es gäiht ja, wennst willst.
*Pause.*
Etz werd mer bald es Muster in deim Teller säing. Waßt du überhaupts, wos dou draff is aff deim Teller?
*Pause.*
Du waßters ned? Dann moußt blouß weiteressn, nou sichsters.
*Pause.*
So, nuern Löffl und nu ann! Leer mouer werrn. Leer! Iich will hait kann Oonstandsbissn aff deim Teller säing.
*Pause.*

Sichsters, etz siehst es Muster! Blummer senns, blaue Blummer. Däi freier si etz aa, daßd dein Teller leergessn hast.
*Pause.*
Paß auf, morng scheint bestimmt die Sunner.
*Pause.*
Ner endli!
*Pause.*
Etz bist obber doch frouh, daß dei Teller leer is!
*Pause.*
Iich aa.

*2. Akt: »Schouh«*

Warum bindst du dei Schouhbändler ned auf, wennsd dei Schouh auszäichst? Dou is doch nix derbei? Wemmer sei Schouh auszäicht, bind mer sei Schoubändler auf. Des is doch ka Errberrt. Am Schleifler oozäing und fertich! Dou moochi doch gohr nix soong.
*Pause.*
Schouhbänder senn derzou dou, daß mers aufbindn tout. Für wos denn sunst? Wemmer obber immer blouß aus sei Schouh rausschlupft, ohne daß mer sei Schouh aufbind – maanst, des is gout für die Schouh? Dou macht mer doch mit der Zeit sei Schouh blouß hii. Iich könnert des ned. Wenn iich enn Schouh auszäich, bindi mei Schouhbändler auf – automootisch auf. Des ghört si einfach su. Suviel Zeit moumer hoom. Sunst presiierts der doch aa ned äsu?
*Pause.*
Und wos machst morng fräih, wennsters widder oozäing moußt? Dou schlupfst womögli widder su nei, wäisters auszoong hast und bindsters ned ämall zou. Einfach neischlupfm ohne Zoubindn! Waßt, wos dou passiern koo? Dou hout doch dei Fouß gohr kann Halt in seim Schouh. Dou brauchsti dann fei ned wundern, wennster ämall dein Fouß brichst. Ja, suweit kummts nu ämall, paß auf! Dann brauchst kann Schouh mehr, wennst dein

Fouß brochn hast, nou koost miterm Gipsbaa rumhumpeln. Obber suweit derfs erscht gohr ned kummer! Naa, wennst dei Schouhbändler schäi auf – und zouhbindst, dann kann der doch gohr nix passiern.
*Pause.*
Für wos senn denn die Schouhbändler dou? Daß mers auf- und zoubind, daß der Fouß enn Halt hout! Obber su is doch mit allerm. Mit allerm, wos du machst. Wos du machst, machst halmi. Iich ned. Wenn iich wos mach, machis ganz. Entweder glei richti oder gohr ned. Obber wos du machst, is allers blouß wos Halbs und nix Ganz.
*Pause.*
Iich könnert des ned. Dou hätt iich kann Rouh, dou könnert iich ned schloufn. Wäi oft bin iich scho in meim Bett gleeng und nou is mer eigfalln, dassi wos vergessn hou – ä Kleinigkeit vergessn hou. Und scho wohrs aus mit meim Schlouf, nou binni mittn in der Nacht aufgstandn und hous schnell nu gmacht. Und nou houi schloufn könner. Su is des in mir drin.
*Pause.*
Obber dir is doch allers worscht! Du schläifst wäi ä Ratz, und druntn in der Garderoob, dou stenner dei Schouh, und die Schouhbändler senn ned aufbundn! Dou hätt iich kann Rouh, dou siichert iich oondauernd däi Schouhbändler vuur mir. Und däi Schouhbändler quälertn mi su lang, bissi nuntergängert und däi Schouh aufbindert. Su bin iich. Obber du! Dir is des worscht! Dir is allers worscht! Du schläifst, obwuhlst gohr ka Recht derzou hast. Des is ungerecht is des!
*Pause.*
Manchmall binni dann aa scho nunter und hou dei Schouhbändler aufbundn, weilis nimmer ausghaltn hou. Und du? Du hasters ned ämall gmerkt. Du merkst ja gohr nix.
*Pause.*
Wenn du wos oofängst, hörst mittndrin widder auf und nou bleibts lieng. Allers lieng und stäih loun - des bist du! Und an wen gäihtsn naus? An mir. Wennster ä Hemmerd aus deim Schrank rausholst, derfi inn ganzn

Schrank widder auframmer. Du brauchst immer enn Dummer! Wennst aff Klo gäihst, spülsters blouß halmi nunter. Mit mir kannsters ja machn. Wennst ä Schubloodn aufmachst, machsters nimmer zou. Dauernd mou iich hinter dir herrenner. Wäi wenni sunst nix zum tou hätt! Wennst ä Bier trinkst, dann stellst kann Untersetzer unter dei Gloos, obwuhlst genau waßt, daß des aff derer Gloosplattn vom Couchtisch Ränder gibt. Scheißliche Ränder. Und wer mou inn Tiisch widder poliern? Iich. Und dein Mantl hängst nie affern Kleiderbügel. Der koo verkrüppeln. Des is doch dir worscht! Und dei Sockn wirfst einfach unter dei Bett, statt daß ders in den Korb im Bood neitoust, wou die dreckerte Wäsch hiighört. Und wennst im Bood bist, machst inn Wasserhohner ned richti zou, wennster nachts die Zäh putzt. Und gestern hast die Tür vom Kühlschrank widder offmgloun. Des kammer doch verlanger, daß mer ä Tür richti zoumacht. Für wos is denn ä Türdrücker droo? Blouß zum Ooschauer? Allers blouß halb, nix ganz.

*Pause.*

Machsters im Gschäft aa su? In deim Supermarkt? Dou kannster des ned erlaum. Inn Oraschnsaft koost ned in des Regool neitou, wou es Bier hiighört. Und in die Tiefkühltruher, wou es Fleisch drin is, kannst kann Fisch neitou. Odder die Seifm zum Schokerlood? Dou hätt di dei Chef scho längst dervoogjoocht. Obber iich, iich ko di ned dervoojoong.

*Pause.*

Du machst mi nu fix und ferti, wennst su weitermachst.

*Pause.*

Wos is dou scho derbei, daß mer sei Schouhbändler aufbind? Wos gäiht denn dou blouß in deim Hirn vuur? Kannst mer des ämall soong?

*Pause.*

Wohrscheinli nix, sunst machersters.

*Pause.*

Erscht gestern hout widder die ganze Nacht es Kellerlicht brennt. Wenn iich hait fräih ned in Keller gmäißt hätt, brennerts etz nu. Ä Schalter is dou derzou dou, daß

mern ei- und ausschalt, obber du schaltst blouß ei, weilst enn Dummer hast, wou hinter dir herrennt und ausschalt.
*Pause.*
Su gräichst du nie ä Frau. Du hast zwor immer mall widder ä Freindin, obber ä Freindin is ka Frau. Und mit deiner letztn Freindin is ja aa ned goutganger.
*Pause.*
Wos houtn däi dou derzou gsacht, wennst dei Schouh auszoong hast, ohne dei Schouhbändler aufzubindn?
*Pause.*
Lang hasters ja ned bei ihr ausghaltn. Nach verzeä Tooch houts di ja scho nausgworfm. Und dann bist widder zu mir zrückkummer. Weilst enn Dummer braucht hast, wou hinter dir herrammt und dein Dreeck wechputzt. Iich koo di ned dervoojoong. Ä Freindin scho.
*Pause.*
Über dein Vatter kammer ja soong, wos mer will und mooch, obber daß der ämall sei Schouh auszoong hätt, ohne sei Schouhbändler aufzubinden ... Des hätts bei dem ned gehm. Dem sei Schouh wohrn immer wäi die Solldootn in der Garderoob gstandn. Anner schäi neberm andern. Und putzt houters aa immer. Du hast ja nie enn Schouh putzt. In deim ganzn Lehm – mit dei siemerzwanzg Johr – hast du bis etz nu nie ann Schouh putzt.
*Pause.*
Dei Vatter wohr immer akkurat. Wos der gmacht hout, des hout Hand und Fuß ghabt. Wos Halbs und nix Ganz, des hätts bei dem ned gehm. Der is nie ohne sein Personoolausweis ausm Haus ganger, im Fall, daßn ämall wos zoustoßn könnert.
*Pause.*
Warum houtn des aa passiern mäin? Läfft nerm des Luder übern Wech! Und nou houtsn glei su arch inn Kupf verdräiht, obber glei su arch, daß iich nix mehr goltn hou. Und nou houts su lang rumtou, bissersi vo mir scheidn hout loun. Du wohrst grood zwölf Johr alt. Des is hart für enn Boum. Obber allers in deim Lehm koost

aa ned aff die Scheidung schäim. Des is ka Entschuldichung dou derfür, daßd dei Schouhbändler ned aufbindst. Im Lehm gibts ka Entschuldichung ...
*Pause.*
Obber iich koo ja soong, wossi will. Des is grood äsu, wäi wenni nix sooch.
*Pause.*
Und dann willer aa nu ä Frau! Bind sei Schouhbändler ned auf und will ä Frau! Dassi ned lach! Sulang du dei Schouhbändler ned aufbindst, gräichst du ka Frau.
*Pause.*
Ach, kumm, stell di doch ned su. Wos is denn scho derbei? Buck di! Bitte buck di halt endli und mach däi Schouhbändler auf! Buck di! Odder bist am End zfaul zum Buckn? Machs halt auf. Mach mer doch ämall däi Freid. Iich bin halt ämall für Oddnung. Des is in mir drin. Iich koo ohne Oddnung ned saa. Oddnung is es halbe Lehm. Mach mer doch es Lehm ned su schwer! Wos hou iich scho vo meim Lehm. Seit verzeä Johr houi ned ämall mehr enn Moo. Bitte machs auf, dann soochi nix mehr, ka Sterbmswörtler, ka Nix, nou schweichi, nou is allers gout ...

## *3. Akt: »Oraschn«*

Du brauchsti gohr ned erscht zu mir ans Bett herhockn! Gäih bitte widder! Stäih auf und gäih! Tou mer den Gfalln und gäih! Wos willstn dou! Iich will di nimmer säing!
*Pause.*
Wennst maanst, dassi der ä Händ geb, hasti taischt. Iich geb der ka Händ! Dei Händ faß iich nimmer oo! Des is vorbei. Des wohr ämall. Jeder Fremder, der wou dou reikummt, jedm Dokter gebi ä Händ, obber dir ned. Naa, des is vorbei.
*Pause.*
Bist ja selber schuld. Warum kummstn überhaupts her? Du hast mi doch längst abgschriebm. Wäi suer alts

Kalenderblättler, wos mer abreißn tout, wenn widder ämall ä Wochn vobei is. Mehr binni doch nimmer für diich! Iich existier doch nimmer. Iich bin gohr ned dou. Ä Null. Miich kammer jederzeit durchstreing. Dou is ned viel hii ...

*Pause.*

Zwaaähalb Johr hast di ned blickn loun. Zwaaähalb Johr Funkstille. Und etz streckst mer die Händ hii, wäi wenn nix gween wär. Obber iich nehms ned, dei Händ. Und mei Händ gräichst aa ned.

*Pause.*

Vuur verzeä Tooch hamms mi operiert und morng werri entlassn. Und du kummst hait. Iich hätt ja aa sterbm könner, und du wärst ned ämall kummer! Du brauchst mi nimmer. Dir is des doch worscht, obbi verreck odder ned. Iich bin praktisch scho zwaaähalb Johr tout. Dei Frau is etz dein Ein und Alles.

*Pause.*

Waß däi, daßd dou bist? Däi houts der doch verbotn! Bei Strafe verbotn!

*Pause.*

Du derfst mi doch nimmer säing. Erscht houts ann Keil nachm andern zwischer uns neitriebm. Und seit zwaaähalb Johr houts di dort, wous di hoom will.

*Pause.*

Etz houts di ganz, ganz allaans für sich. Däi hout mer diich wechgnummer!

*Pause.*

Wäi hou iich miich für diich gfreit, wäist mers zum erschtnmall vuurgstellt houst - iich wollt immer hoom, daßd ä Frau hast –, obber wer hätt denn domols denkt, dassi däi su entpuppt?

*Pause.*

Ned ämall an Weihnachtn derfst vobeischauer. Ned ämall an Weihnachtn! Obber ä schlechts Gwissn moußt scheinbor doch hoom. Jeds Johr läßt mer enn Weihnachtsstern schickn. Enn Weihnachtsstern und nix derbei. Ka Kartn, ka Gruß, ka Nix! Der koo doch blouß vo dir saa, odder?

*Pause.*
Nerja, wenigstens denkst an miich.
*Pause.*
Du häst ä andre aa gräicht. Warum ausgrechnt ä Gschiedne? Und nu derzou mit emm Kind. Mit emm fremdn Kind. Und du bist aa nu su bläid und spielst dem Boum sein Vatter. Iich hou ja immer denkst, dassi ämall ä Enkeller gräich. Obber doch ka fremds Kind!
*Pause.*
Wouher waßtn überhaupts, daß mi ins Krankenhaus hamm? Hot di die Frau Kugler oogrufn? Iich houerers ausdrückli verbotn, daß di ooruft.
*Pause.*
Iich wissert ned, wossi machert, wenni die Frau Kugler ned hätt. Däi gäißt mei Blummer, däi bringt mer mei Post. Und morng fräih ummer neiner holts mi ab. Dou sicht mers ämall widder: Wildfremde Lait kümmern si um miich ... Und mei aanzicher Verwandter ... dou könnerti tout umfalln ...
*Pause.*
Iich wollt ders ja erscht ned soong: Iich hou Krebs. Unterleibskrebs. Häichste Eisnbohn, daß mi operiert hamm. Ä Gschwulst hamms mer raus su grouß wäi enn Pfirsich. Hoffentli gibt der Krebs etz enn Rouh. Ned, dasser widder nouchwächst, sunst wär allers umersunst. Obber dir is des doch worscht. Für diich binni scho su gout wäi unter der Erdn!
*Pause.*
Ä Gschiedne. Ä Gschiedne mit emm Kind. Iich hou immer gmaant, du bist wählerisch? Wenn des allers is, wost vom Lehm erwart hast? Ä Geschiedne! Wos häst denn du für eine Partie machn könner, woust des ganze Loocher vom Kaufmarkt unter dir hast. Des soll der mall anner nouchmachn! Naa, obber ä Gschiedne houts saa mäin. Und schuld wohrs aa nu droo. Sie wohr der schuldiche Teil! Langt der des denn ned, daß dei Vatter abghaut is? Däi haut aa ab, wenns gnouch vo dir hout. Einmal is keinmal. Des macht däi widder. Immer widder. Wersters scho säing. Nou stäihst dou mit deim Talent.

Und wenns Pech hast, hast aa nu ä fremds Kind am Hals. Obber wer nicht hören will, muß fühlen.
*Pause.*
Schau, daßders affm schnellstn Wech louswerst, bevuurs diich im Stich läßt. Du moußt blouß schneller saa. Du hast doch nu es ganze Lehm vuur dir, du bist doch erscht verzg. Obber schau, daßd dessmall ä Gscheite gräichst. Iich möchert ä Enkeller! Des wär mei gräißte Freid, wenni des nu derlebert!
*Pause.*
Wos hastn dou in derer Plastiktütn drin? Sooch blouß, du hast mer wos miitbracht? Du brauchst mer doch nix miitbringer! Iich hou, wossi brauch. Hauptsach, iich werr widder gsund. Oraschn? Wos Dümmers fällt der wuhl ned ei! Oraschn! Du waßt doch ganz genau, daß iich aff Oraschn immer Sodbrenner gräich. Waß der ned ämall mehr, daß sei Mutter ka Oraschn ned mooch! Des moußt doch nu wissn, daß mer däi ned bekummer. Iich esserts ja su gern, obber iich kann ned. Däi kannst alle widder miitnehmer. Däi moußt selber essn. Obber paß auf, daß die Frau ned merkt, daßd deiner Mutter Oraschn kauft hast. Tou inn Kassnzettl wech.
*Pause.*
Allers, wossi gmacht hou, wohr falsch. Wäi mi däi oogschaut hout. Dou derbei houi ihr ja nix tou. Iich wissert ned, dassi der wos tou hätt ... Am Oonfang hout sersi ja nu zammgrissn, dou wollts di eifanger. Obber nou houts mit der Zeit ihr wohrs Gsicht zeicht. Allers houterer ned paßt. Wenni kocht hou, houts die Hälft stäih loun. Wenni wos gsacht hou, houts sofort es Gegnteil behaupt. Wenni eich wos gschenkt hou, hout sis sofort wechgworfm. Däi Bettwäsch, woui eich zu eirer Hochzeit gschenkt hou, houts mer ä halbs Johr später widder mithammgehm. Etz waaßi vuur lauter Bettwäsch nimmer wouhii.
*Pause.*
Däi hout mi behandelt wäi ä Stück Dreeck. Wehe, wenni wos zu dir gsacht hou, nou hast gsacht, des bildi mer blouß ei. Iich hou reecht ghabt. Iich hou mer nix eibild. Däi houts vo Oonfang an draff ooglecht.

*Pause.*

Wos wohr denn scho derbei, wenni der ä weng wos zum Essn miitbracht hou? Iich waaß doch, wos dir schmeckt. Und sei ämall ehrlich, däi is doch zbläid zum Kochn. Suer Rindssuppm hätt däi nie zammbracht. Dou draff hätts ned eifersüchti saa mäin. Allers blouß wecherer Rindssuppm! Däi hast doch immer su gern gessn, des wohr doch dei Leibspeis. Und nou is aa nu der Deckl aufplatzt, und die ganz Rindssuppm is ausglaufm – allers aff eiern neier Teppichbuudn. Und dann schreits mi aa nu oo und behaupt, daß du mei Rindssuppm nie gmecht hast, daß du mei Rindssuppm haßt!

*Pause.*

Wouher willn däi des wissn? Du hast doch immer ned gnouch gräing könner, wenns ä Rindssuppm gehm hout. Mit emm Markknochn drin. Der is dann aa affm Teppichbodn rumkugelt ...

*Pause.*

Und dann houts mi oogschrieer, und wäi däi miich oogschrieer hout, su hout mi nu nie in meim Lehm anner oogschrieer. Und du bist dernehm gstandn und hast ka Wort gsacht, du Feichling. Und dann hast jede Verbindung mit deiner Mutter abbrechn mäin.

*Pause.*

Wos bist denn du fürer Moo? Wenn ä Bou zu seiner Mutter will, nou frouchter ned lang, nou gäihter einfach hii. Du bist ka Moo, du bist ä Schlappschwanz! Wenn der däi wos sacht, nou spurst, obber wos der iich gsacht hou, wohr allers umersunst. Des wohr genauso, wäi wenni gohr nix gsacht hätt. Denk blouß an deine Schouhbändler! Wäi oft hou iich dir gsacht, du sollst deine Schouhbändler aufbindn ...

*Pause.*

Krebs kann fei aa seelisch saa. Wemmer allers in sich neifressn tout. Und wos hou iich in däi zwaaähalb Johr ned allers in miich neigfressn!

*Pause.*

Naa, dei Geld steckst sofort widder ei. Iich will dei Geld ned. Iich hou mei Rentn. Iich fall der ned zur Last. Viel

is ja ned grood, mei Rentn, obber iich stell ja aa kanne Oonsprüch. Wenni anns glernt hou in meim Lehm, is, daß mer kanne Oonsprüch ned stelln derf. Wart, iich hou wos für diich. Iich hou der ä Pohr Sockn gstrickt, daßd enn warmer Fouß hast. Wemmer dou herin nix zu tou hout, werd mer ja blouß bläid im Kupf.
*Pause.*
Geb mer mall dei Händ. Etz kannst mer ä Händ gehm. Ade, Bou. Des wohr fei doch schäi, daßd dou wohrst! Loudi ämall widder säing, wenni derhamm bin. Du waßt ja, wou des is. Ade! Obber lou di ned vo ihr derwischn. Und ruf vuurher oo, nou kochi der ä Rindssuppm! Obber bring bitte kanne Oraschn mehr miit.

## Sooch halt wos

*Ein Junge und ein Mädchen oder ein MANN und eine FRAU. Die Bühne bleibt dunkel bis auf einen trüben Spot. Weit entferntes Vogelgezwitscher.*

FRAU Du!
*Pause.*
Horch!
*Pause.*
Dou is allers – *Pause* – su leis!
*Pause.*
Hörsters ned?
*Pause.*
Unheimlich leis is!
*Pause.*
Richtich unheimlich – *Pause* – hört si des oo ...
*Pause.*
Dou kanns amm – *Pause* – ganz unheimlich werrn!
*Pause.*
Su leis is dou!
*Pause.*
Ä bißler wos hört mer scho!
*Pause.*
Obber viel is ned!
*Pause.*
Blouß die Muckn, – *Pause* – däi brummer ...
*Pause.*
... und – horch!
*Pause.*
Die Vögel!
*Pause.*
Die Vögel hört mer singer ...
*Pause.*
Obber däi sen ganz weit wech!
*Pause.*
Und in Wind ...
*Pause.*
In Wind hört mer aa!

*Pause.*
Der Wind gäiht durch die Bäum!
*Pause.*
Su leis is dou, – *Pause* – daß mer suwos hörn kann!
*Pause.*
Wou hört mer denn suwos nu?
*Pause.*
Nirgends!
*Pause.*
Du!
*Pause.*
Kumm!
*Pause.*
Kumm halt!
*Pause.*
Du!
*Pause.*
Kumm, gemmer!
*Pause.*
Warum gemmern ned einfach hamm!
*Pause.*
Hobb, gemmer!
*Pause.*
Sunst fürchti mi nu!
*Pause.*
Iich gräich auf amall ...
*Pause.*
... su Angst!
*Pause.*
Iich hou Angst – *Pause* – ganz allaans mit dir im Wald!
*Pause.*
Kumm!
*Pause.*
Sooch wos!
*Pause.*
Du sollst wos soong!
*Pause.*
Warum sachstn nix!
*Pause.*

Du!
*Pause.*
Du, wos allers passiern kann ...
*Pause.*
Wenn mersi überlecht – *Pause* –, wos allers passiern kann!
*Pause.*
Überoll kann wos passiern!
*Pause.*
Des kann mersi doch ämall vuurstelln!
*Pause.*
Odder?
*Pause.*
Iich maan, mer kannsi doch vuurstelln, daß wos passiern kann!
*Pause.*
Überlech der blouß ämall – *Pause* –, wos mersi allers vuurstelln kann!
*Pause.*
Also, iich kann mer alles mögliche vuurstelln!
*Pause.*
Du aa?
*Pause.*
Obber soong touis ned – *Pause* –, wossi mer vuurstelln tou!
*Pause.*
Weil mer des ned soong derf ...
*Pause.*
Es is halt besser, maani – *Pause* –, wenn mer ned allers sacht, wos mer si vuurstelln kann!
*Pause.*
Obber im Kupf gäihts amm trotzdem rum!
*Pause.*
Gäihts dir aa su?
*Pause.*
Obber eingli kanns amm ja worscht saa – *Pause* –, wos amm im Kupf rumgäiht!
*Pause.*
Des wär ja nu schönner ... – *Pause* – wenn mer der allers derzähln dennert, wos mer su denkn tout!

*Pause.*
Wou kummert mern dou hii? Es is doch suwisu Bläidsinn.
*Pause.*
Wenn mer trammt, is doch esselbe!
*Pause.*
Des is doch allers Bläidsinn!
*Pause.*
Des hout doch allers kann Wert!
*Pause.*
Und destweeng is besser, wemmer ned drüber redn tout!
*Pause.*
Dou kummt mer blouß ins Sinniern!
*Pause.*
Und des bringt nix ei!
*Pause.*
Odder?
*Pause.*
Kumm!
*Pause.*
Gäih halt ä weng schneller!
*Pause.*
Hobb, kumm! Mach halt!
*Pause.*
Waßt, wossi neili glesn hou?
*Pause.*
Des interessierti woll ned?
*Pause.*
Willsters ned wissn?
*Pause.*
Mensch!
*Pause.*
Solliders trotzdem soong?
*Pause.*
Ach, Mensch!
*Pause.*
Willsters ehrlich ned wissn?
*Pause.*
Etz soochi ders obber erscht reecht!

*Pause.*
Ä Liebespohr hout neili anner im Wald derschossn!
*Pause.*
Lach ned!
*Pause.*
Gäih läiber zou!
*Pause.*
Warum gemmern ned weiter?
*Pause.*
Warum bleibstn stäih?
*Pause.*
Schau mi ned su oo!
*Pause.*
Kumm halt!
*Pause.*
Iich fürcht mi su!
*Pause.*
Mir is dou einfach – *Pause* – zu leis!
*Pause.*
Hobb, kumm!
*Pause.*
Warum schaust mi su oo?
*Pause.*
Sooch halt wos!

## Quellennachweis

Die in *Du, horch* versammelten Texte sind in einem Zeitraum von zwanzig Jahren entstanden. Der älteste Text ist »Besser wäi gohr nix« (1975), der jüngste das Dramolett »Mama« (1995).

Alle Geschichten stammen aus dem seit Jahren vergriffenen Prosa-Band *Derzähl mer nix!*, Ehrenwirth-Verlag, München 1984.

Die Szenen »Der Hausfrieden«, »Tagesschau«, »Frau Nachbar«, die »Stehcafés III, V, VI, VII«, »Die Zwerge« und »Herr Nachbar« sind dem ebenfalls vergriffenen Bändchen *Sooch halt wos* entnommen, Verlag der Autoren, Frankfurt 1980.

Die Texte »Der Hut«, »Kreuzworträtsel« und »Mama« werden hier zum ersten Mal veröffentlicht.

Alle weiteren Szenen sind fränkische Erstveröffentlichungen. Auf Hochdeutsch erschienen die Szenen zum ersten Mal in dem Band *Stücke aus dem halben Leben*, Verlag der Autoren, Frankfurt 1987.

**Fitzgerald Kusz**
**Hobb**
Gedichte, Broschur, 110 Seiten

Hobb ist nicht nur ein Titel, es ist ein Programm. Kusz über Kusz: »Wer Hobb sagt, sagt eigentlich schon alles. Ein Leben ohne Hobb? Undenkbar!«
»Verse ohne Fett und Schnörkel, schon gar nicht ›Beschaulichkeit‹. ›Ätzend‹ ist wahrscheinlich die präziseste Bezeichnung für seine glasklaren Wortgebilde, die ausnahmslos aus dem Bauch heraus entstanden sind, aber mit dem Kopf geschrieben wurden: Kein Wort zuviel oder zuwenig, nirgendwo sprachliche Klischees, sämtliche Grobheiten in lakonischer Kürze, alle Feinheiten ohne Ornamente.« *plärrer*

**Fitzgerald Kusz**
**Schdernla**
Gedichte, Broschur, 93 Seiten

Kusz hat es in der Adaption des Haikus für das fränkische Idiom zu einer solchen Meisterschaft gebracht, daß man schon nicht mehr weiß, wo nun das Haiku wirklich erfunden wurde: in Yokohama oder in der Gegend um Nürnberg.
Das Lapidare des japanischen Dreizeilers, der sich kehrreimartig im Geist des Lesers festhakt, wird mit der Lakonik des Epigramms verknüpft. Das Ergebnis ist fränkisch-fernöstliche Spruchweisheit mit dem Hang zum poetisch Leichtsinnigen, Unverblümten und Derben.

»... vielleicht die schönsten Gedichte, die je aus dem Kugelschreiber von Fitzgerald Kusz geflossen sind.«
*Abendzeitung*

**Helmut Haberkamm**
**Frankn lichd nedd am Meer**
Gedichte, Broschur, 109 Seiten

»77 Texte im Aischgründer Dialekt aus zehn Jahren versammelt der Band, lange Erzählgedichte, poetische Anleihen von Benn bis Brecht, immer auf der Suche nach der verlorenen Zeit. Die Thematisierung des nur scheinbar idyllischen Landlebens ist ungewohnt in der neuen Dialektdichtung, die überwiegend als Großstadtprodukt entstand. Seit der großen Dialektwelle der siebziger Jahre hat es hier kein so überzeugendes und erfrischendes Dialekt-Debüt mehr gegeben.« *Nürnberger Nachrichten*
»Wenn ein ›fränkisches Mundartbuch des Jahres‹ zu küren wäre, Haberkamms ›Frankn lichd nedd am Meer‹ wäre mein erster Kandidat.« *Frankenland*

**Maximilian Kerner**
**Druggns Brood**
Gedichte, Broschur, 85 Seiten

In sieben Kapiteln mit Gedichten in fränkischer Mundart spannt Kerner einen weiten Bogen von »Laff Schdorri« bis »Druggns Brood machd Wangen rood«.
Ein eigener Zyklus respektlos-naiver Gedichte dreht sich um Fragen der Kirche und des Glaubens. Mit unverwechselbarem Sprachwitz nimmt sich der Autor natürlich auch seiner fränkisch-nürnbergerischen Heimat an, wenn er typische Eigenheiten der hier vorherrschenden Mentalität aufspürt. Knappe, überraschende Pointen und ebenso saloppe wie eingängige Reime verweisen auf die Schule von Wilhelm Busch.

ars vivendi